願你去發光，
而不僅是被照亮

to —— light yourself

CONTENTS

收錄

序

2009，我剛踏入清大校門。

為了彌補過去因「讀書」而犧牲掉的青春，跟許多終於能擺脫考試枷鎖的孩子相同，第一件事就是卯起來玩。茶會、迎新、宿營、社團、聯誼、舞會、夜衝、遊戲。大學確實是比國高中五彩斑爛得多。

而花花，就是我在這時期認識的。

「所以妳為什麼叫花花啊？」會問的原因在於叫花花的人實在太多，多到我得用外文花花、電機花花、生科花花等加上科系名去記。不誇張地說，花花簡直是綽號界的雅婷、怡君。為了探究幹嘛都要叫這名字？我曾秘密地明查暗訪過。

得到結論是，最大宗的原因，在於本名有「花」的諧音，好比：華、樺、驊等。其他就各有特別原因了，像是有男生的女友綽號叫花花，大家後來覺得叫他花花男友很繞口，乾脆都叫花花。也聽過有人是參加大學迎新宿營時，需要一個綽號她又沒有，於是隊輔便隨口取了花花當名字。

「妳隊輔算有良心了。」當時我是這樣安慰那語氣無奈的女生。

『這樣叫做有良心？』對方一臉不可思議。

「對啊，我有認識人更慘。」

『？』

「隊輔問暱稱時，她就說啊喔，我沒有綽號怎麼辦，隊輔想了一下說，那妳就叫 啊喔吧！」

『……』

「還有更慘的。」

『？』

「有另一個女生小小聲說她也沒有綽號怎麼辦，隊輔便又愣了一下，最後跟她說，那妳就叫 喔啊 吧！」

我一直忘不了當時對方臉上釋懷的表情，果然人都是能從別人的悲慘中得到治癒。

『喔，就新生茶會的時候，突然有個很熱情的同學跑來跟我打招呼。』眼前的花花聽我問完說。

『她就說，聽妳剛剛自介，妳沒有綽號對不對？我就說對啊，沒有。』

「嗯嗯。」我引頸期盼地聽著。

『那我可以叫妳花花嗎！我以前有個很要好的朋友叫花花，妳跟她長好像喔！拜託拜託，讓我叫妳花花好不好？』

『看她這麼熱情我也不好拒絕，就說喔……好啊，可以，點了點頭，從此就叫花花了。』她說完便自顧自地傻笑，而我也只能給了個「好喔」的表情。

於是我私下常開玩笑地叫她「豁達花花」。誠實說，也是唯一一個多年後，我仍然記得的花花。

花花是個頗甜的女生，倒不是說外表有多美，而是有著典型台南女孩的特徵，不只愛吃甜，還能給所有與她相處的人，一種發自內心甜的感覺。據室友分享，房間裡只要有人爬上床了，她自覺便會減低打字的鍵盤聲，拿起手機調靜音。每天盥洗要吐水時，還會特別彎腰，將臉靠近水槽吐。爽朗、活潑，和身旁絕大多人都處很好。

「以前她還蠻常會在房間跟男友講電話的。」閒談時，花花前室友說。

「後來有陣子，她都要跑到交誼廳去講，我很好奇問為什麼，花花跟我說因為知道〇〇剛分手，怕她會難過。」

「說個實話，只是被你們男生喜歡我都還覺得沒什麼，長得漂亮很容易做到，花花是連女生都會想嫁給她的女生，那才是真厲害。」

但我卻總覺得花花的甜，並不是真甜。至少，並不是她發自內心地喜歡這樣。

在一群人的場合，比起參與大家的話題，很多時候她都更喜歡安安靜靜地坐在角落，就好似置身螢幕外，正在看一部與自己無關的電影，僅在別人主動搭話時，會偶爾地笑一笑，倒也能瞬間入戲。她在面對問題，特別是傾聽別人問題時，都顯得格外理性，給出條理分析，恍若倏忽變了一個人，從傻大姐的樣子轉為感情專家。

與其說甜，她給我的感覺更像是經歷過了風雨，看淡了塵世起落，總能波瀾不驚地應對所有，只是慣於用這樣甜的糖衣將自己包裹起而已。

記憶中約莫是大二的某天起，我就很少遇見花花了，經打聽才知道，花花在學校附近的餐廳、超商、飲料店開始打工生涯，一兼就是多份工。

「怎麼不找家教啊？」我問過她，至少家教可比最低薪資高得多。

『沒打過工齁？家教哪這麼好找。』她笑笑答。

『家教幾乎都要靠關係找，不然也會要求有經驗，哪是有辦法說找就找？』

我不曉得該如何回答，因為確實打開家教網看看，競爭可激烈了，一稍好點的案件可以上百人搶，到底在完全白手起家狀態下，一名學生臨時需要錢，又不能找家裡求助該怎麼辦？我是真的不知道。

實話是，周遭也沒有人知道。在這，幾乎沒有人的家庭會需要讓孩子承擔這些煩惱。甚至，當有同學真的需要貧困補助而去向學校申請時。

「對不起，很久沒有同學申請了……。」校方承辦人員還一時不知道該怎麼做。

「知道嗎？你們會坐在這，並不僅是因為你們多努力，而是你們的父母是誰。」這是社會學時第一堂課，台上老師說的話。

「從統計上來看，學生考試分數和家庭收入是正相關，而且是高度相關。造就的結果是台灣越有錢家庭的孩子，念的是越便宜、資源越多的公立大學，而越貧困的，反而念的是資源越稀少，越昂貴的私立。這就是所謂階級複製。」

當時台下許多同學，包括我在內都並不以為然，不少理工背景的紛紛舉手，以自身經歷提出反例。但許久之後，當我有機會接觸各校同學，我才驚覺真正孤陋寡聞的是自己。我以為的窮，不過就是家裡沒餘裕能提供補習，生活費得靠自己，根本沒看過真正的貧困。

光是父母之間和諧、有愛，對你不會動輒以物理、言語傷害，也不需要伸手向你拿錢，就代表你已經贏過非常非常多人了。社會上苦的人一直都很多，他們只是從來不會被看到。

好一陣子後，經由旁敲側擊，我們才曉得花花的爸爸出了很嚴重的工安意外，半身不遂。

「不然你就來告我啊！」仗著身後的律師軍團，老闆毫不客氣地將責任推得一乾二淨，經由調解，也只願意負擔部分費用，於是本來就已經不輕省的生活重擔，便這麼一下全壓到花花身上。

花花生日時，我們幾個朋友商量，大家一起湊了一萬塊，搭配一個簡單小蛋糕，守在交誼廳等她回來給個驚喜。那也是唯一一次，我見到花花哭，她抱著其一女同學，放聲嚎啕，哭得椎心泣血，旁人看了都難過。

我沒問過她，但我想，她是真的忍很久了，終於能示弱，終於能哭了。

花花課堂出席率越來越低，一些不重要的課，甚至於只有期中、期末來考試，幸虧老師聽聞同學闡述，倒也睜隻眼閉隻眼。而她也爭氣，總會用擠出來零碎的時間去聽上課錄音。據室友說，有時起床就看她趴在書桌前睡著了，耳朵裡還戴著耳機，縱然成績不到頂好，但即便是魔王課，也從來沒有任何一科被當過。

後來大學剩餘的幾年，她都是這樣過的，早上上課，下午穿插著校內打工與課堂，晚上則去外頭工作忙到深夜才會回去，洗完澡沾床躺了就睡，除了我們少少幾個朋友還有維持聯絡，其他人她是幾乎全斷光了，以至於拍畢業照時，她也沒出現。

「準備好就是正式來囉，來，西瓜甜不甜！」大家穿著學士服，一起燦笑著對鏡頭比 YA。

「握便當好了喔，這是誰的握便當？好了喔。」同時的花花應仍穿著印有七的超商制服，站在櫃台前忙著替趕課的客人微波。

轉眼到了畢典那天，大家的家人、朋友都來了，學校有絡繹不絕的人潮，所有人都是又哭又笑。

「三、二、一，畢業快樂！」

黑色學士帽在翠綠的大草坪上高高飛舞著。

我知道的花花，卻仍在寢室補眠，只因為能值夜班的錢比較多，她不惜臨時變動睡眠時間，結果到中午都實在起不來，僅能傳封訊息對我們道歉，便又沉沉睡去。

花花是很少更新動態的，不論是臉書還是後來的 IG，貼文都寥寥可數。問她為何都不發文，她自嘲地說也不是不想發，就是覺得要發就要發一個厲害的，然而生活中並沒有什麼夠厲害的事情。

再後來，我上台北繼續念書，也交了女友，聯絡自然而然地漸漸少了，直到前陣子，才驚奇地發現花花的 IG 更新了。照片裡的她摟著媽媽，站在一間漂亮而嶄新的房子玄關，兩個人正開心地笑。

「我們有家了。」一貼文裡僅簡單地寫著。花花是在我所認識的身旁同學中，最靠自己的人，從小到大未曾補習，在還要兼顧學業的情況下，年紀輕輕便扛起生計，陪著媽媽走過難關，並撐著將學業完成，非常厲害。

『我以前一直以為沒補習是常態耶！我們那小地方好像都沒什麼人在補的。』

同時她也是我知道最重情重義的人，不管自己有多困難，不管其實我們朋友都說不介意，凡借她就一定會主動還。

『不不，正是因為我也把你當朋友，所以才一定要還。我們友情比這點錢重要多了。』

花花並不能說很樂觀，私底下也常透露負面想法，覺得活得很累，覺得看不見希望，自己生活好像就是吃不飽、穿不暖，但也餓不死，日復一日重複著一望到頭的日子。一樣也會哀怨老闆，抱怨客戶，自嘲這樣的自己大概一輩子不會有對象了，如同在汙濁池子裡努力活著的魚，時不時探出頭來吐吐苦水。

我想會翻開這本書的人，不少應該都是抱著期待想看個人生絕地逆襲，苦盡甘來後大快人心的故事。

但沒有，這本書裡絕大多的主人翁都並沒有，他們就是真實存在的人，跟你我都一樣有七情六慾，會懶散、會抱怨、會偶爾厭世的普通人。會走到後來，只是因為沒辦法，現實就是這樣，掙扎著頭破血流也要撞出來一條路來。

『我老闆跟我說，他以後面試一定都要選我這樣窮小孩。』在我去問能否將故事寫出來時，花花自嘲道：

「窮小孩好啊，任勞任怨，職場忠誠度又高，不會訓練完就跳槽走人。」

『我都不好意思跟他說沒喔，那只是之前缺錢沒辦法，你再這麼〇〇我一定走人。』

其實說不定，人生真相也不過如此，我們大家都是普通人，都有可能在生命中碰到特別慘的事情，可生命中就是有一個人、一個目標、一個願景不想放棄，不願讓他失望，想要有能力能夠守護，除了咬著牙去闖，也別無選擇，然後便這麼誤打誤撞間，硬是闖出了一條屬於自己的路。

人生，不也就如此嗎？
泰半時間陷於掙扎、迷惘與徬徨，
再用幾個剎那，驀然成長，破地而出。

那些貧困教會我的事

再來說說自己，高中時，我一直有個根深蒂固的想法，那便是因為家裡經濟狀況並不好，如果我想改變未來，唯有將書念好。

然而，上了所謂好大學後，我才驚覺，那才是見證貧富差距的開始，真正見識到了在脫下同樣的制服後，身處不同階級的人們，家庭背景能帶來的巨大差異。

就說我同學，在同樣考上清大那年，她爸爸就在新竹為她買了間獨棟房子。我曾因慶生，去住過一次，因為現場最後留下的其他人都是女生，不太方便，只能讓我一人睡傭人房。

『這樣會不會很過分？還是我開車送你回宿舍，真的對不起。』

但那間所謂傭人房，有電視、有窗戶、有獨立衛浴，裡面設施一應俱全，遠遠比我從小到大所住的空間都來得更大、更舒適。我夢寐以求的房間，恐怕也不過如此。

再說大學時的一任女友，台中人，家住七期，但其實我是很久以後，才意識到那是什麼意思。

「咦？妳不是台中人，怎麼也要回台北？」我疑惑地問。

『喔，我在台北也有家，台中是其中一個家。』

「真假？妳家在台北哪？」

『仁愛路那。』我依地址去看了下地圖，倒抽了一口氣。

就這麼說吧，如果依我當時打工收入計算，我約莫要從文藝復興時期開始不吃不喝到現在，才有機會買得起，這沒有半點誇飾，我是真的算過。線索一下串了起來，我才知道為什麼她會每逢假日常常會要消失，為什麼她父親時不時要讓她去認識生意往來的夥伴。

「很無聊啦！」

「我才不想去，誰想要跨年還跟一群老人過啊？」聽她說這些時，我總是不曉得該如何回應。

我和她交往的很短暫，更多時候我都認為我們僅是不錯的朋友，也許就是覺得我對她很好，人很特別，觀念、想法截然不同，便順理成章地試試看。

所以，若聽過我分享，應會知道，幾乎每場我都會提到：我並不認為有什麼叫做「早戀」，愛不應分年紀，每個年紀的愛情本來就是有所不同的，並不能因此區分什麼樣的愛情就是所謂「真的」愛。

甚至，殘忍的現實是，當初那些大人指的長大後成熟的愛情，之於很多人而言，也不過就是年紀到了，便找個條件符合現實考量而搭伙過日子，冠上婚姻之名罷了。

因此，在年輕時，我認為愛情碰到最糟糕的事，那絕非是從未戀愛，也不會是幾次的失戀。失戀、單身，那都僅是再正常不過的事情，真正怕的，是你為了戀愛而去戀愛。

當你因此得到一個很糟糕的結果。他只是把你當成備胎，當成眾多之一。她只是覺得你對她很好，反正也沒更好的人，所以順便跟你試試看，這最後是會讓你受傷的。

受傷到一個程度，會讓你從此記得。結果等到下一個真正值得的人出現時，你第一想法卻是心有餘悸。你總是覺得他們好像，他們說的話，做的行為，給的承諾都好像。

你輕易把最好的自己，消耗到一個最不值得的人身上，以至於等值得的人出現後，你也不敢像過去那樣奮不顧身了，這，才是一段感情可以對你造成最大的傷害。

縱然，我並不覺得這段感情不值得，確實有從中學到東西。但每次講到這段話，我腦海仍會不自覺得地浮現她的臉及聲音。也是又很久之後，我才懂得，原來真正的放下，是當有天再次想起時，已經沒有難過了，能平靜地細數過往，學會了與回憶共存。

在這之外，還有一點是要感謝她的，她確實讓我看到了一個截然不同的世界。真正的富人，反而經常是低調，並且更努力，更嚴格自律的。

階級壁壘，從不只是資產，更是觀念、教育與人脈。還有，他們無後顧之憂，有盡情嘗試，盡情學習，盡情失敗的資本。

反之，對於我這樣的凡人而言，光生存，就已要竭盡全力。

「對不起，家裡真的沒錢了」記得那是2011，電話裡爸爸跟我說。

「能不能跟同學先借一下，對不起。」

我其實已經記不清當時具體回了些什麼，但大致是深呼吸一口氣，反過來安慰哽咽的爸爸，並保證自己絕沒問題，都成年了，我可以有辦法。也是在那刻，懂了花花說的話，學生遇到困難立刻要賺錢，真沒這麼容易，就算找到了，也不是立刻有錢。

那生活怎麼辦？戶頭已經接近空了，吃什麼喝什麼？況且這種事，如果可以，真的很不想讓任何人知道，也只能先和最好的幾個朋友湊了大概三千先撐著，同時趕緊去找工作。當時為省錢，我吃飯專去一家可以無限加湯、加飯的店，基本就是一天吃這一餐，靠便宜的菜還有湯加飯吃飽的。

「同學，你會不會吃太多啊？你都快把剩下的飯給挖光了耶！啊你這樣是要後面的人怎麼辦？不是飯免費就這樣吧？」有回，在我裝飯到一半時，排我後面的阿姨忽然出聲說道。

她說的沒錯其實。

那天我特別餓，為打工一直忍到晚上快打烊前才去吃，飯本來就是快見底，我還吃這麼多，後面也不可能要老闆打烊前補。但說實在的，我也不曉得能怎麼辦，難道再把飯倒回去？還是跟人家說那我這碗讓給妳？

阿姨的聲音不大不小，可已足讓店裡所有人都回頭往我這看了。我捧著碗，拿著飯勺僵在那裏。臉猶如被狠狠打了一巴掌，火辣辣地燒。

真的很丟臉。羞恥心一下就蓋過了飢餓感。很想說對不起我錯了，卻又講不出口。

『沒事沒事，飯本來就是免費吃的。如果不夠，那也是我煮不夠沒算好，不能怪同學。還是要不要我再去下個麵補？』老闆二話不說就走過來替我解圍，後來他又看了看，見我盤子裡早就沒有配菜，還逕直拿起我的盤子，去夾了好幾道肉跟菜要給我。

「夭壽喔，沒菜只有飯是要怎麼吃啊？免啦，不用錢。真的，不要錢，我待會就要收掉了，還要謝謝你幫忙吃。」

「要吃飽啊！不吃飽怎麼行，你這麼高的一個男生。」

雖然已經是這麼久以前的事了，可那畫面始終有如昨日一般，我坐在店內的一個小角落，邊一口一口地吃，邊止不住地掉淚。

好好吃喔……真的好好吃，菜冷掉了還是好好吃。

我人生在那之後，再沒有吃過這麼好吃的飯。後來的日子裡，我又去了很多次，特別等有薪水後，會去刻意點些比較貴的，雖然我知道老闆經常故意給我算便宜，或者故意多夾一點我愛吃的給我，份量明顯就是比較大，一直到畢業離校的最後一天，我還特地等他開門就進去。

「老闆，我要畢業了。」

『真的啊，恭喜，那這餐請你。』

「不行啦！我最後來就是想大吃特吃，你請會害我不好意思夾。」老闆傻笑地很開心，並約好那之後回來去找他，換他請。

這我也有赴約，畢業後頭幾年只要回去，都會特地找老闆，老闆知道我是回學校演講，更是滿臉驕傲。僅是再後來，工作開始忙了，加上終究有段距離，便逐漸失去聯絡。

等到最近期的一次，我帶著女友，臨時起意想開車回去找老闆，想跟老闆說一下後來我過得還算不錯，日子也一天天好起來了。最重要的是，好不容易交了個如此漂亮又溫柔的女友，想跟老闆炫耀一下這是我打算要結婚的女孩。

就像帶媳婦回去給家人看的感覺吧？再吃一回記憶中的味道，並分享喜悅，我知道以老闆個性，肯定會很開心。

只是一切都晚了。

一問才曉得老闆人已經走了。約莫年初時，在醫院安詳離世的。

「你不是第一個回來找他的。」現任的老闆，笑了一笑跟我說。

也是這樣，讓新老闆覺得這件事很有意義，飯、湯仍是堅持免費。

「我們只要來打工，都會供餐，吃到飽。就是想說優先給有需要的同學。」老闆人走了，精神卻仍常存。這段故事，對我具有頗大影響，也讓我對財富及人生有了不同的看法。

想過嗎？人生意義是為了什麼？你為什麼而活著？

坦白說，對於我而言，很長一段時間就是為了賺錢，因為缺乏，我一直相信若有天我有足夠的錢，就會幸福，至少是不用為生活煩惱。我相信很多人都是，都說台灣信仰多元，但我認為錯了，台灣人的信仰普遍單一，信的那叫錢和房子教，求神拜佛的目的也多是為了得到這兩樣，信到一個程度能把一輩子努力得來的大半積蓄全部用在裏頭，不惜簽下動輒三十年的房貸賣身契。

甚至，連過年祝福的第一句話都是「恭喜發財」——希望你變有錢。這種特殊文化，對於華人世界以外的人，是誇張而難以想像的。

曾有一次，與一位外國朋友聊到此事，我跟他說華人文化裡認為有土斯有財，如此拼命就是想要有間房。很多時候，還是跟婚姻綁一起的，仍有很多長輩會要求房子，當作結婚基本門檻。

「那你們快樂嗎？」

「如果這樣不會快樂，為什麼要被這種觀念綁住？」

「過生活的是你，不是長輩，不是嗎？」

我愣在那，啞口無言。

離開新竹，到台大去讀書後，為生活費我嘗試開班授課。意外地，大獲成功，學生很喜歡我的講課風格，加上收費極其廉價，有時遇到困難生，便隨意讓對方分期或免收了。這樣的學生往往會在上榜後更大力地替我宣傳，於是一個拉一個，規模迅速擴增。

那段時間我每天的日子，就是一到五週間全力上課、讀書、備考。然後週六、週日排滿上課行程，這種日子我過了好幾年。很快的，我就累積到人生第一桶金。看著戶頭裡出現一百萬的感覺，實在感覺魔幻地不真實，我興奮了好幾天。

但在那之後，快樂的感覺飛快地遞減。那感覺，就像第一次去飯店的吃到飽，剛踏進去時無比興奮，不斷反覆拿著自己認為最好吃，平常最捨不得拿的餐點。等吃撐了，剩下的就是無感了。

更糟的是，開始害怕失去。在股票市場暴跌，四周充斥負面消息時。看著短短幾天瞬間蒸發逾百萬資產，那是我人生第一次焦慮到失眠。

忍不住會想，這些錢是你存了多久、努力多久、工作多久、節省多久，又是熬了多少艱辛才換來的。我都捨不得吃好一點，十幾年時間，從未為了自己想而出國。唯一一次去日本，還是在當地跟前任分手，以朋友身分走完全程。

有夠慘的，慘到很好笑。我都還記得後來隔天，就被找去演講愛情相關題目。邀請單位很用心，上台前演了齣行動劇，大意就是失戀怎麼辦？讓我們請講者解答。

「可是我也才失戀。」拿起麥克風第一句，我僅能自嘲地說。後來邊講的每一句，都感覺是用一把刀再往自己心上刺。

然後呢？因緣際會，我遇到現在的另一半，她在我最低潮時不離不棄，她自己有的也不多，但她願意以全部幫我走過。

後來，我將所有投資正典讀過，請教了許多人，認清自己在做什麼，將投資轉換成以ＥＴＦ為主的被動投資。在後來股市的快速反彈中，不僅填平虧損，獲益也幫助我有了一個家。這些經歷在ＰＴＴ股票版都有完整紀錄，也因此上過新聞。

在我的人生裡，失敗是常態。從幼稚園，我就被檢查出有學習障礙、手眼不協調、慢性蕁麻疹及半夜會呼吸不到空氣，得送急診的嚴重氣喘，我是靠吃藥才能幫助專心上課的。但因為這段經歷，我後來在網路上回答升學問題，當初僅不過希冀幫助那些和我有相似困難經歷的人，卻誤打誤撞地開始寫作，一路至今。

考高中、大學、研究所，在第一次考試中，我都是毋庸置疑的慘敗，只能準備下場考試，碩班更是以０．０５２之差落榜，重考了一年。

所幸第一次慘敗，都幫助我在第二次嘗試中得到滿意的結果，去了遠比第一次若順利考上，評價還要更好的學校。課業如此，後來的感情如此，投資如此，工作亦是如此。

這些讓我意識到一個道理，並不是什麼失敗是成功之母，因為在失敗中還要期待成功，那將是件很痛苦的事情。而是要將失敗從一件需要盡可能排除的「不正常」因素，變成一件可以坦然接受的事情。

想想小時候，那時騎車撞牆了、打球手指折到、跟同伴嬉戲時跌倒了等等，都並不會當回事，因為你並沒有期待什麼，你只是在享受過程。反觀長大後的痛苦來源，正是起因於不切實際的期待太多。想要背幾個單字就能考高分、想要偶爾運動一下就能快速瘦下來、想要不用做什麼，愛情裡那個對的人就會如電影那般從天而降。於是當期待落空，你便會痛苦，而人的意志力都是有限的，痛苦累積多了必然會讓人放棄。

真正想將一件事做好，應是將之當成如同玩遊戲。可想見，若一個遊戲一路輕易破關到底，很快就會感到厭倦。遊戲之所以好玩，正是在試誤過程中找到成就感。如此結果失敗與成功已是其次，才能持之以恆，就算最終成果未如預期，也沒有遺憾。

最終，你會發現人生就是一場體驗。記得曾和朋友逛一樂園，分成兩團，一團朋友就是一開園便衝進去，盡情體驗所有重點設施。而另一團裏頭有人卻總是在猶豫東猶豫西，擔心A設施會不會很可怕？煩惱B設施排隊要排很久、憂慮排了C設施就會錯過D表演。

明明逛的是同個樂園，玩完一天後，兩團卻像是去了截然不同的兩個的地方，第一團不停七嘴八舌地分享今天玩了什麼，都沒怎麼停下來；第二團卻不停抱怨，人實在太多，排隊排到快瘋掉，以後不想來了。這何嘗不正就是我們人生的縮影呢？

如果你只是想追求成功，那將是永遠沒有底的一條路。到愈好的學校，僅會發現比自己厲害的天才愈多。從事愈好的職業，只會發現還排在自己上頭的人愈多。最慘的事情從不僅是失敗，而是你以努力一生的代價換到夢寐以求的成功後，卻忽然驚覺不過如此，這根本也不是你自己想要的。

在我們生命裡的任何階段，都會有諸多不同的篩選與競爭，從考高中、大學，到職場、婚姻、家庭。但請不要只是被你在競爭中所得的結果迷惑。任何競爭都應僅是手段，真正關鍵的一直是你自己到底想要什麼？你到底是誰？你的個性是什麼？你偏好什麼樣的生活方式？你人生追求的終極目標是什麼？又到底什麼是能讓你感到快樂的。

到頭來「快樂」，那才會是在所有事過境遷後，剩下唯一有價值，甚至是許多功成名就者也都沒有的東西。

這個想法，幫助我很多，它讓我在嘗試新事物前不會斤斤計較利弊得失。也讓我弄清楚對於我而言的快樂，那僅不過是平平凡凡地和另一半過簡單日子，是吃一碗芒果雪花冰，能先拿起手機偷拍她的醜樣，再替她擦擦嘴角、是能照顧好家人，在替媽媽換手機時，看她臉上藏不住得意的笑容。而這些其實並沒有這麼難，那又為什麼要將許多不必要壓力扣在自己身上呢？

我並不曉得閱讀到此的你，正處於何種景況，但如若是低谷，又或就是不快樂。經常一忙完回頭才驚覺時間已晚，不甘心一天又沒了，只好以一種犧牲健康、睡眠為代價，彷若不惜燃燒生命，報復性的熬夜方式，想多爭取點屬於自己的時間，至少還感覺活著。沒有很喜歡現狀，卻又提不起動力改變。有時，連對生命的意義都會感到迷惘。

只想告訴你，這些真的都沒關係啊！任何人都會有這種迷茫、挫折、厭世的時候，再正常不過了，請你給自己一些時間改變，哪怕僅就是每天一點點。總有一天，你也會感謝這些曾經糟糕的日子。

迷惘又如何？

正是迷惘，能讓你重新認清何為生命中重要的

回過頭看，到底有誰的人生不迷惘？

媽媽將我封鎖了

我媽將我封鎖了，但讓我真正感到難過的，卻並不是這件事。

記得剛發現原來媽媽把我封鎖時，感受只有傻眼。因為我們家感情還不錯啊。前陣子父親節才回台南見面，當時也是其樂融融的，臨別前都還依慣例塞給我一堆食物。為什麼好端端的，沒事要把我封鎖？想破頭都想不出個動機。

「欸，媽，我是不是有做錯什麼讓妳不開心？」

『蛤，沒有啊，幹嘛這樣問？』

「喔喔，沒事。」

想試探原因，我還小心翼翼地先找個理由傳訊給她，結果有已讀，也會回，對話一切正常，確認我被封鎖的只有 IG 而已。

但這下可讓我更糾結了，到底是什麼原因呢？

不小心按到？不會這麼不小心吧？

家裡有什麼事不讓我知道？可我看我爸好端端的呀。自從他學會用 IG 後，天天照三餐發限時，看他們倆互動的挺好。

我媽生病了？得了什麼很可怕的絕症？得絕症的人，能這麼有活力地拉我爸跑去玩什麼 SUP 立槳，還硬是要跟著一群年輕人選日出團嗎？

完全沒在用手機？那幹嘛要封鎖呀？

啊啊啊啊，越想腦袋越打結，怎麼都想不透究竟是發生什麼事了。

為了探究，我在周末找個理由回去，決定不動聲色地調查，也蠻順利的，我媽睡覺時手機就直接留在客廳充電，解鎖我設的當然知道，沒三兩下便打開進去看了。

首先臉書，基本上，老人嘛，和朋友互動還是以臉書居多。社團都是加些什麼 Costco 商品經驗老實說、氣炸鍋料理。還有弄些花花草草、○○才藝班、社區、同學會相關的，Po 文也查不太出異狀，快速滑過都覺得挺正常。頂多會轉發些我一定叫她少看的亂七八糟農場文網站。

直至將 IG 打開，我才終於大概懂了她封鎖我的理由……

當我一篇篇瀏覽她發的文，迎面襲來，給我最直接的感受，是孤單。她日復一日，年復一年地，熬過了好多孤單的日子。

一直以來，她人生的重心，就是我們家。可如今，爸爸仍要工作，經常性加班到深夜才回家。她唯一的女兒大學就離家了，工作後同樣忙，一年見不到幾回。在生活大部分的日子裡，她都是一個人，一個人不停重複地打掃家，做著一樣的家務。一個人買菜、煮飯，有時候花一下午煮了，爸爸卻不一定能回來吃。於是只能望著滿桌的菜發呆，任憑原本爸爸會驚喜的幻想落空，然後獨自一人默默吃完，隔天還要裝沒事地給已經很累的爸爸鼓勵。

我媽媽是個很開朗的人，至少在外人眼中一向如此。她會去當志工、參加才藝班、熱心社區服務，跟鄰里都不錯。直到把她的 IG 偷看完，我才知道她真實的感受。或許，她積極去做這些，也僅是想把生活填滿而已。

只是外人哪比得上愛人、親人？

只是這年紀了，何嘗不知道先生與女兒各自的重擔呢？

只是終究，當為人母，便已失去了所有任性的權利。無論發生什麼事，無論什麼樣的情緒，無論日子的孤單難熬，都僅能咬牙撐著，學著如何獨自去化解、去面對。

天下哪個媽媽，會願意自己成為家人的累贅？誰想要一天到晚沒事煩老公、小孩？還不都只能偽裝成：「有吃飯嗎？」、「口罩夠嗎？」、「有衣服嗎？台北會冷嗎？」、「記得顧身體。」一句又一句，其實也知道會得到敷衍回應，但又總是忍不住想要問，想知道自己所愛之人好不好。

讓我看哭的，是其一篇文。她發了一張從車窗拍出去，我拖著行李走進高鐵站背影的照片。

「我真的好想妳。」別於其他長文，這篇底下就僅是如此短短寫著。

她從來沒有對我這樣說過，她一直告訴我的，都是好好加油，不用擔心家。車票也不便宜，耗錢、耗時間，忙就不必常回來，做不好、失敗也沒關係，回來煮好吃的給妳。現在仔細回想，有多少是違心之論？又有多少真正想的話，被偷偷藏在了字裡行間之中。

只是我沒發現。就連她悄悄將我封鎖，不讓我看到這些心情這麼久，都沒有發現。

那刻，是人生第一次，我覺得自己懂了媽媽。入職場，也是交際圈飛速縮水的過程。以前學生時，還有社團、系隊、室友，各式各樣活動與邀約。就算到了研究所，也還有幾個知心、要好的夥伴共同奮鬥。這些在工作後，如若正午豔陽下的水窪，轉眼便迅速蒸發而去。

和同事有利益、競爭關係，能當朋友也難講心事。我連員工旅遊都不想去，只想有個假期能回家補眠。

工作壓力大、加班時間無法控制。責任制就是哪怕你提早做完，也會加更多任務給你。過往老友各自都有自己的煩惱，誰不用工作養家活口？失聯、陌生的速度，比原先想像的快得太多。絕大多的友情終結點，就是畢業。

於是漸漸地，就活成了孤島。有時將 YouTube 開著，只為家裡有人的聲音。Switch、各種遊戲都買了，卻從沒時間、精力好好玩。

也試過去用交友軟體認識人，但碰到了幾個都是開口就要約的，嘆了口氣便默默刪了。

曾有天，我好不容易能提早下班，才赫然驚覺，即便能有時間，我也已經不知道能做什麼。可又不甘心直接回家，於是便跑去百貨想說隨便看場電影。

在百貨，我看到一個小女孩，手上捧著媽媽剛買給她的 Haagen-Dazs。她笑得好開心。彷彿每吃一口，笑容都更加燦爛了一點，還忍不住轉過去也要餵媽媽幾口，不停稱讚真的好好吃。

不曉得為何，分明挺溫馨的一幕，但我心裡泛起的卻是強烈鼻酸，我好羡慕她，我真的好久，沒有像她那樣笑了。

可是我明明到了小時候最想要到的年紀了呀，只要想要，吃多少冰淇淋都可以，卻是終究，沒能成為小時候想成為的那個人。

究竟是曾幾何時，

我們都也被生活逼的，成為了那個曾經討厭的大人。

許多時候，在我們嫌棄媽媽時，

都忘了，她也曾是那爛漫少女，

是生活，讓她成了今天模樣。

最久的一次喜歡

十六歲的妳，生活是怎麼樣的？生命中最重要的又是什麼呢？

我的世界很小也很簡單。早晨六點四十準點起床，穿上制服，匆匆盥洗後跳上那台陪了我好幾年，都難免有些鏽跡斑斑的淑女車，壓線在約七點半時衝進教室，隨後早自習、上課、午休、打掃。

或許真有人能有那種校園愛情劇般，絢爛而斑爛的青春吧？

不過我的青春不是如此。樸素無華地一遍遍不停重複著這些平凡日常。感覺就像寫我故事的編劇，都覺得我這種普通女孩實在太無聊了，於是都懶得有什麼多於描述，索性Ctrl＋C、Ctrl＋V地直接複製貼上，少掉幾段日子都沒有人會發現。

一切直到我選了三類為止。

現在想來還是很想親手掐死自己，到底幹嘛要聽信什麼三類讀書風氣比較好之類的鬼話，便閉眼選下去。

完，全，念，不，來，啊！

尤其數學，每當課堂鐘響，我總是在位置上坐挺了，猶如抱槍躲在壕溝，準備衝鋒的一戰士兵那般拿著筆，全神貫注地嘗試要聽懂。然後，用不了多久，便開始恍神、點頭、瞌睡，連要維持眼皮睜開都無比困難。

那陣子，每天的數學課，都對我而言彷若是一場行刑。

越害怕就越抗拒，越抗拒程度就差得越遠，我總感覺自己像隻笨拙的海龜，其他人都已經在天上飛了，我卻才腳剛碰到陸地，正掙扎著想爬上沙岸。

期末考前夕的最後一堂課，老師已經很有良心地已經猜題，「放心，將這些弄懂就好了。」老師用手輕輕敲了敲黑板，帶著你們放一萬顆心好了的自信淺笑，在台上信誓旦旦地說。

只有我，在下課鐘聲都已響起，老師早已離去，還呆愣愣地望著密密麻麻，寫著一串又一串外星文的符號，不知所措。

我好想哭……這次如果再不及格，我就肯定沒救了，連畢業證書都會有危機。恐慌、焦慮、著急，一想到爸媽可能會有的失望，霎時就讓眼前視線模糊起來，我只能拼命用指甲掐著手臂，告訴自己冷靜，試圖想至少弄懂些蛛絲馬跡。

背後一刺……

「剛剛老師說會考那題，妳有抄到嗎？」後座男生拿著筆，輕戳我的後背問道。

『只有抄到一點點，後面我聽不懂，不知道怎麼寫……』我垂著臉說起。

「這樣啊，那我剛好會欸，我可以教妳嗎？」戴著細框眼鏡的他，給了我一個溫和、不帶絲毫自大、調侃，很暖，而又真誠的粲然一笑。

他的教，就是真的教，他可以看穿我所有怕顯笨而應付的點頭，從頭到尾，一步驟一步驟，教我到弄通為止。

「因為這數字為平面E的一個法向量，所以可設平面R的方程式為……」

「這樣，有聽懂？」

『嗯……』我眼神迷離地點頭答。

「好，所以是不懂。」他眼珠靈活地一轉，露出一清澈好看的笑容回道。

「我再從頭講一遍喔。」他救了我的數學，而我也則無可救藥地喜歡上了他……五年。

五年吶！在十七、八歲那時的眼裡，感覺就像一輩子吧？足以讓個孩子從國小長成高中的少年、少女。卻也不知怎的，等到歷經歲月淘洗後的而立之年再回頭看，竟感覺像是一眨眼的事。

那些所有的一幕幕、一幀幀，都其實不過發生於昨日。

他是一個很悶騷、被動，空有顆聰明大腦，卻對女孩無比笨拙的男生，就連交往，都是我實在忍不住出手，在圖書館自習完要回去前，主動墊起腳來吻了他。

他呆住了。

不誇張，他宛如機器人突然被拔掉電源那般，瞪大眼睛後，傻在原地。

「怎麼，這該不會是你初吻吧？」我揶揄道。

他這才回神過來，唰一下地頓時滿臉通紅，竟直接將毛衣的高領拉起來遮住了半邊臉。

『嗯。』

路燈的光穿過樹葉間隙，好似亮片，斑斑駁駁地輕灑在他略長的睫毛上，他的臉已經一路紅到了耳根。

只可惜好景不常，從那確定交往之後的日子，他就轉性了。

「以前不確定妳是不是喜歡我呀！現在都在一起了，當然不一樣了齁。」變得很大膽，不客氣地吃著豆腐，重點是他在外面又要假正經，就是快速地略捏一下屁股，馬上裝沒事。

不過對我很好是真的，用心是真的，這五年裡幸福遠多於悲傷也是真的。

就連結束，他也在為我著想。

「妳確定嗎？」在我提出分手的想法時，他問。

他的父母並不喜歡我，施加在他身上的壓力日強，到後來甚至變成開始想控制我的人生規劃，這又激起我爸媽的不滿，兩邊家庭矛盾急速深化，終成了一團交錯複雜、彼此纏繞、相互干擾的死結。

好像一團隨意塞進口袋的耳機線，也不知怎的，再拿出來就怎麼也解不開了。

愛情，真的，在一個年紀後，便已不再是兩個人的事而已。

「我可以從家裡搬出來，我可以就去租個房子，我可以……」他說到哭了，眼睛看著我，淚水卻正悄悄從眼眶兩側溢出，下落。

『乖，沒事的。』

我伸出手來揉揉他比我還高一顆頭的髮，輕聲哄著他說……五年來第一次，我們角色調換，終於輪到我當了一次安慰者，只可惜，也就成了最後一次。

「那這妳拿著好嗎？我想要妳拿著。」

他從口袋拿出了一支筆，那支他曾用來輕戳我後背，曾不知花了多少時間，一題題教會我數學的筆。

『好。』

那支筆，在往後的漫漫長日中，又陪伴我很久很久。

久到竟遠遠超越了曾經的五年，就這樣每一天靜靜躺在我包包的夾層裡。即使，早就沒有了什麼再用到的機會。

「哇，妳還隨身帶著啊？」

分手三年後，他準備要去南科工作，臨別前我們約了一次吃飯。在我拿出筆來填寫餐廳問卷時，他眼睛遽然便亮了起來。

『如何，厲害吧？』看著他訝異的表情，我一臉得意地炫耀。

「厲害的是這支筆竟然還能用好嗎？日本製可真是夠厲害的……」

『去死啦你。』

我沒告訴他的是，為怕筆芯有天會斷貨，會再找不到，我早就買了好幾盒放家裡。就像他沒告訴我的是，他之所以離開這裡，就是為了逃脫父母，他已因著當年分手，幾乎與家裡決裂。

我以為他走出來了，他也以為我幸福了……

轉眼時至今日。

「真的假的啊，還可以用嗎？」

只透過語音，我看不見表情，不過用不著看，我都能想像出他不可思議語氣背後，那張更詫異的臉。

『騙你幹嘛，地址給我啦！』

此刻的我們早已久未聯絡，臉書又荒煙漫草地沒在更新，我也是直到最近透過同學，才輾轉拿到他新的聯絡方式。

鼓起勇氣傳訊給他，想將那支筆寄還給他。

我們從文字聊到語音，時空似識一下倒回到了十七歲那晚，剛確定關係後，兩人都鬆了口氣，嘻笑互損的輕鬆。

『那你呢？就住台南了嗎？』

「沒有欸，調回去了，現在住汐止這裡。」

『真的呀，欸，都不說的耶你！』

「抱歉嘛。」

『啊，給妳看看我的新家，後面沙發上那是我兒子喔，剛滿月，可愛吧？』

「嗯。」我笑了。

「很可愛。」我努力試著用聽來篤定的語氣答。

我有想過，會不會忘不掉的其實早已不是你，而是初次遇見愛情的那個自己？會不會我忘不掉的那並不是你？畢竟，那時候的我們天真爛漫，沒有家庭顧慮、沒有世俗計算，也沒有這麼多生活重擔與煩惱。

就是一眼、一次心動，就全當作喜歡了。

人生此後的感情，要考慮的、變得複雜的太多了。在這喧囂而浮躁的世界裡，絕大多的都僅是萍水相逢的曖昧。

輕易來，便亦能輕易去。

九歲時，我可以為麥當勞兒童餐的玩具走上幾公里的路。十六、七歲時，能為喜歡的人而特地繞好幾個班級，就為偷看幾眼，連收作業時，作業本能上下交疊在一起都開心。二十出頭歲時，或許都還能為愛情遠走他鄉，願再次嘗試奮不顧身，將你與前途等同視之。

再之後，就難了……更多時候，都是在為了五斗米折腰；為了盼望中更美好的未來，每天反覆在公司裏頭，一格又一格的小小的空間裡，過著似乎一成不變，一望便能到頭的生活。對感情怠惰了，也是怕了，不再有一頭栽的熱情。

因為已經太習慣你，習慣即使在你離開很久之後，你的影子，都仍悄然無聲地在我的密碼、房間、街道與最小的生活習慣裡，活著。

就算，在我如今的世界裡，早已沒有人記得你的名字；就算，出現的每一個人，都忍不會想拿來和你比較；就算，遇見了新的對象，某些與你相似的特質，都能再次喚醒那塵封已久的記憶。

後來，我走遍了好多國家，吃過各式各樣的食物。依然覺得，沒有當時學校旁麥當勞，偷吃你一口漢堡，看你作勢氣呼呼要搶回去的好吃；後來，我自已也玩過很多遊戲，卻沒有坐在你背後看著你好玩；後來，我也遇見了越來越多的人，也試著和其中有好感的人認真相處。

但偶爾，抱歉，請容許我這愛面子女生稱之為偶爾的時候，我會把他們的臉重疊成了你，他們都有某些地方好像你，卻又不是你。

甚至在好不容易重逢時，幻想過破鏡重圓，幻想過要告訴你，現在的我不一樣了。我已經有能力獨自生活，我可以養得起自己。我學會了負責，也在我的領域發光。

我不再是當年那什麼都不會，什麼都不懂，懵懂無知，還穿著制服，只知道傻傻喜歡你的女孩。

即便，我仍然是好想再穿一次你喜歡、你稱讚過好看的那件連衣裙給你看，但後來我想明白了——我還喜歡的，並不是此時的你。

時光猶如滂沱大雨，歷經這一切後的我們，早就都已是和當初不一樣的人……我不一樣了，你肯定也是。

我還是會懷念的，是「我們的」曾經。

是那段好像只需考慮，選擇前途還是選你的時光。

是那被時光濾鏡美化後的初戀。

是那個在活在很久很久以前，初遇愛情。
是那聽到你名字，心跳仍會加速，眼睛放光的女孩。

恭喜最親愛的你幸福了，
不過給我等著啊！
我也要邁向幸福了
你給我等著。

從熟悉到疏遠的友情

由於父母工作關係，小時候我是在嘉義由奶奶帶長大的。直到小五，爸媽終於能在萬華買得起一間兩房小公寓，我才跟著他們轉回台北念書。即使已經過這麼久了，當時離開恐懼的心有餘悸，閉上眼，我至今能依稀感覺得到。

甚至，臨走前老師還特別對我叮囑：「台北小孩比較精，不會有這麼好相處，妳要小心。」

我嚇死了！

「請……還請大家多多指教……。」

踏入學校第一天，就跟像是被銬著桎梏走入刑場似的，連自我介紹都講得結結巴巴，差點沒讓狂跳的心臟從嘴裡跳出來，即至下課也都只敢坐在自己的位置上，誰都不敢去講話。

「妳就是新的23號？」只有她下課跑來找我，直接一屁股反坐到我前面的位置。

『嗯……』

我當時只感覺自己就像身處侏儸紀公園裡，正被暴龍瞪大眼打量的獵物那樣，嚇得那是一動不敢動。

「妳有交到朋友了嗎？」我搖頭。

「這樣啊！」她若有所思地摸摸下巴，點了點頭。

「我跟以前的23號（轉走了）是最好的朋友。既然沒有，那妳就當我朋友吧！」於是我便被這樣總裁霸氣（？）式地強行納入她的要好朋友名單了。

在寫下這段故事前，我想過很久該怎麼形容她這個人。

潑辣？直接？正義感過剩，還是面對不公平，才不管對方是誰，都要抗爭到底？好像都很符合她，但真的相處久了，又覺得，她實際是個很柔軟的人。明明很重視朋友，反過來時，卻沒這麼被朋友重視。

或者感覺被取代了最重要的姊妹位置，也頂多默默摸一下鼻子，在心裡難過下，然後給予祝福。表面看起來愛記仇，但其實更記恩，一點點好便會往心裡去，誰值得誰不值得，她都看得很清楚。

國中後，縱然我們讀的仍是同間學校，卻隱隱約約地似是被好與壞學生的分界線所推開，各自走向了不同的路。

她本來就不愛讀書，雖聰明卻很不喜歡被任何形式的約束，而寧可和一群愛玩的人湊在一起，早被師長認為是頭疼人物。

但我還是很喜歡她，以她是我朋友而自豪。

「哇，還吃這麼多呀？不擔心椅子都要不夠妳坐了嗎？」

時值國三，為了準備考試，我的體重幾乎是像吹氣球一般地垂直往上升，故而在早餐店裡，一名男同學刻意諷刺道。

『○○，那你怎麼還坐著，不都吃完了，上課不怕遲到嗎？』

又如當年一般，她及時出現，一屁股坐到我身旁，笑著對那男生說。

「我……我沒坐呀！」男生一見來者是她，顯得有些怕，音量都弱了好幾分。

『喔，原來你已經是站著的啊？』

『拍謝，你實在太矮了，我還以為你還坐著勒，弄錯了，拍謝拍謝。』

她雖然也喜歡虧我、念我，但在外人面前，總是毫不猶豫地就站到我身旁。也是因為她，我一直深信這種潑辣的姊妹，每個女生都該有一個。

出事了都還不用說，她便是第一個氣得衝到前面，去替妳潑婦罵街，搞不好還得靠妳拉著。

高中後，我去了某一以升學為主的女校，她則去了技職。雖然誰都沒說，但總感覺距離又更遠了一些，能對談的話題越來越少。不過我們還是很好，就是定期還是會約出去，且出事肯定第一個肯定是想到找對方訴說的好。

「拿去。」我家管很嚴，連手機都不能有的嚴，可當時正偷偷談戀愛，沒法跟對方聯繫呀，結果就是她直接買了台手機給我，還是彼時剛崛起，要價不斐的 HTC 手機。

『不行啦。』我拼命猛搖頭，即使當時我不知道確切價錢，但有常識也知道這對高中生而言肯定是天價。

「沒事，這我偷用我爸提款卡提的。」我一聽，搖頭更猛力了。

『收吧，好不好，收吧。』

『妳馬上要去念大學了，這說不定就是我最後能給妳的禮物了。』

看著她眼眶紅了，我瞬間也感覺一股想哭的酸楚衝上腦門，便接過那台手機，怔怔望著她，忍不住跟著掉出淚來。只是我一直沒告訴她，我後來拿著壓歲錢，偷偷去找她爸爸道歉，希望能看在我面子上別罵她。就像她也沒告訴我，那些錢明明就是她打工一點一點賺的，她爸爸早就被她的叛逆給氣壞，斷絕了所有經濟支援。她是靠自己生活的，卻還是一塊錢一塊錢地硬擠出了上萬買手機給我。

大學後，我回南部念獸醫，想要能就近多陪陪已隨時會走的奶奶，也隨之和她的距離真的就開始徹底遠了。

她直接中輟，科大念了一年覺得沒用，便休學出去工作。我也得面對越來越大的讀書、考試、實習壓力，我們兩個人這次真的各自都到了對方都無法理解，徹底不同的兩個世界去。

我想，可能這也才是現實裡大多數，朋友會疏離的真相吧？

世界不同了，兩人間的差異也隨之越擴越大，我分享出國實習經歷，她只能說真棒，妳那裏風景好美喔。

她告訴我，夜店或工作上的事，我也只能點點頭附和，不知道該回些什麼。

那些曾經，又能重新、反覆地，被拿來咀嚼、回憶幾次呢？就算還是要好，還是知道彼此有多重要，如有誰出了事，我們上天下地也會衝去陪對方的。

但天底下，哪有這麼多的大事？更多的，只是在平凡地各自忙碌間，一點又一點地淡去。直到有一天，妳打開對話紀錄，發現上次聊天，已在很久很久以前的事了。

很少人願意承認，真正將曾經好友分開的，並非僅是時間劃出分隔線，而是已截然不同了生活的圈子。

是教育程度、是財富差異、是職業之別、是視野落差，更是兩個人都已分別被馴化成了社會不同階層的存在。

久了，便再無話可說了。

「欸，我結婚了，跟妳說一聲。」沒有宴席、沒有事先告知，在我都還尚未畢業前，她突然說。

公證，就結婚了。

她是為了親口告訴我，才特地南下的。我記得那天，我們哪也沒去，就坐在咖啡廳靠窗的位置，難得地聊了過往一整天。傍晚的夕陽異常地美麗，鵝黃色地透著店外的花，渲染般地，鋪灑到她的臉及桌子上，亮得我有都點睜不開眼睛。

可也不知為何，我半點不想請店家拉上窗簾，只覺得這幅畫面很美。而其實，這也是我再後來想起她時，最後定格住的畫面。

「妳有辦ＩＧ嗎？」

『沒耶，沒空玩那些了。』

「辦吧，我都在ＩＧ上了。」

我幫她申請了一個，並立刻成了她的第一個朋友，她真誠而燦爛的笑容，宛如初識時的樣子。

那天我和她的合照，也就成了她ＩＧ上的第一張照片，後續雖然還能看到她再用，但卻極少更新。有的，我知道她也是專程給我看的，只是要讓我知道她還在而已。

我當上獸醫師，正式執業那天，她也來了。牽著兒子，特地要來給我祝賀。

「恭喜啊。」

『沒什麼好恭喜的，我還有很長路要走啦。』

「才不會，妳已經很厲害了。」

好像在她眼裡，我一直是會發光的那個，是她的驕傲。好像能當我朋友，就是件十分了不起的事。可她卻總是不知道，妳明明也同樣地是我的驕傲啊！

我已經不清楚後來這些年她所經歷的，但同時要工作又當上媽媽的她，給我感覺滄桑了許多。頭髮早已不染不燙，身上衣服從浮誇變回簡單地樸素。原本稚嫩的臉龐都硬是留下了，遠比其他同齡女孩更多的歲月痕跡。

她很幸福。

我知道，因為她在提到兒子時，眼睛裡滿是快溢出溫柔地笑。

在那之後直到如今，我們就再也沒見過面了。只是趁著連假回家，我無意間又翻到了那支ＨＴＣ手機。不可思議地，插上插頭充電後竟還能開機，而隨後跳出的桌面，正是我和她的合照。

兩人都還青澀，又是留著過時的妹妹頭，又是笨拙地高高舉著手機，自以為很會選角度的自拍。

「真的好拙啊！」我心想，可還是趕緊手忙腳落地將畫面翻拍下來，想傳給她看。

嘿，我想妳了。

是那種傳幾封訊息、聊聊視訊、聽聽聲音都無法緩解的想。是那種一定要讓妳來陪陪我，要再親自看看妳，讓我再一次抱住妳的想念。是妳再不約，我肯定就要殺到家門口，將妳活活拖出來的想念。

誰也不用在誰面前刻意假裝地很厲害，
那是我見過能跨過歲月友誼的共同模樣。

我被爸爸發現和男友發生第一次關係

男友是個體貼又溫柔的人，猶記得時值高三，正是學測衝刺最後倒數，我照例在圖書館自習到閉館音樂響起，動手準備收拾。

一起身，才驚覺椅子和褲子上都有紅色血跡，量還不算少。

「靠北。」這是第一念頭。

考前來自習的何止我一個，周遭同學很多的。好死不死，身旁平常總是一起的朋友恰巧家人來接，提早走了，一時無人能求援。

沒辦法，深吁一口氣後又坐下。心裡盤算著閉館音樂已響，大多數人應該很快便會陸續離開，最不濟等館員來趕時，我也有人能求助。

偏偏，那天所有人都走光，音樂都結束了，附近就是有個男生始終逗留，怎麼都不走。

「同學，妳是不是需要幫忙？」在我用意念不停催促他趕緊離開時，他卻是側揹起書包，逕直主動走到我面前詢問。

『呃……』太突如其然，腦袋頓時一片白茫。

是需要幫忙，但沒想到要找個男生還是不認識的陌生人啊啊啊。

「喔，對不起！」他跟著呆了呆，黑色的瞳孔打量似地轉幾圈後看出來了，反而變成他顯得慌張，不知所措。

「外套給妳，我去找館員。」他迅速脫下外套遞給我說。

『欸欸！不用啦。』

「那？」

『外套就可以了，謝謝你！』

這就是我們相識經過，非但沒有什麼偶像劇裡該有的浪漫情節。事實上，他緊張到講話都有些許結巴，比分明是事主的我還慌張。但也搞不懂為何，莫名讓人想笑，覺得他很可愛。

走到外頭，透明夜裡，往臉上輕拂的涼風，還有轉身道別時，他漸行漸遠的後背，已足在我心裡掀起濤天巨浪。再後來考完、畢業、交往後，那件繡著學號的藏青色外套，也順理成章地被我收編。

窗間過馬，流光飛逝，逾十年了，至今燙好、摺好，靜靜躺在老家房間的抽屜。

然而，可以想見的，凡事皆為一體兩面。一個溫柔、體貼，會害羞，偏向書生清秀型的男生，就不用幻想交往會有什麼霸道總裁情節了。

公平說，他也不是沒試過，只是一試我就笑，接著他跟著笑，兩個都笑瘋，什麼事也不用幹了。於是乎，連「第一次」這種事，最終都是我來主動的。不管了，直接訂在我十九歲生日當天，租屋處。

「這……這麼直接？」訊息裡他驚恐道。

『幹嘛？你不想要喔，那算了。』

「欸欸欸，想要啦。」

「只是就是覺得，這件事，想要給妳浪漫的回憶。」

『你動作太慢了！』

『好啦，但其實我覺得，和你在一起的每一天，都是浪漫。』

『你已經對我很好了，別想太多。』

話是說得大方，但其實我也很緊張啊。一早上課就心神不寧，老師講了啥通通沒聽進去。

不怕被笑，我上課都還在各種 Google 什麼：

「女生第一次有多痛。」、「第一次什麼姿勢比較不痛？」、「初夜都會流血嗎？」、「男生第一次找不到洞怎麼辦？」

現在回想起來，還真的是愧對老師和從爸媽口袋交出去沉甸甸的學費。

總之呢，我一路從上完課，午後回家準備到了晚上。

洗澡、化妝、選衣服、挑內衣、弄頭髮。佈置，玫瑰瓣、小蠟燭、窗簾燈，大概只差沒在牆上弄個 Marry me。

為確保零意外，我甚至直接訂好了蛋糕，要他去拿就好。並爬文研究半天什麼岡本、相模、杜蕾斯，做了周詳功課，確定他買的是最好，不會有任何問題的套子。

然而，哪有這麼簡單？

東西好準備，實際上場還是難啊。唱完生日快樂歌，切完蛋糕後，我們就在那對坐，空氣一度凝結，尷尬無比。不誇張地講，看著他，有那麼幾秒，我內心竟還油然而生了些愧疚。

○的，為什麼他可以長得這麼天真無邪，我竟然要對他做這種事？感覺好像是要侵犯天使啊啊啊⋯⋯靠，我不是女的嗎？為什麼是我要承受這些啦！

「先⋯⋯先洗澡？」眼見不是辦法，他吞吞吐吐地提。

『我洗過了。』

「我也洗過了。」

畫面猶如又被按下暫停，再次凍結，他臉還紅到一度窘迫地低下頭，活像他才是那個花樣年華的嬌羞少女。

「欸⋯⋯生日妳就弄成這樣，妳要我以後求婚怎麼辦？」又過了好陣子，他環顧了四周一下，試圖終結沉默，打趣地說。

『X，你才知道！而且不是我生日嗎？』

『你到時候最好給我好好求喔！』

果然，我們不適合什麼浪漫，最終還是得互相吐槽才重新回到正軌上。

也是在這時，他從包裡拿出當初那件外套，洗好、燙好，整整齊齊地擺在肯定有挑過，精美的黑色盒子。打開蓋子，外套上，是他用秀娟筆跡親手寫，整整有三張的信。

「妳都準備了，我其實不知道還能送什麼⋯⋯」他抬頭，認認真真地望著我說。

「想了很久，我好像，還沒正式地對妳告白過。」

「○○，我……」

還沒等他說完，他就被我狠狠封住唇，壓到床上去了。

過程很不順利。當然，這是早有心理準備的事，第一次有八、九成的人都嘛不順利。

所以講真，Google 還是有用的，幫很多忙。

但這些都其次，反正我們的問題並不是什麼新鮮的。

真正的重點是，我爸媽來了，就在剛完事時。

沒，有，事，先，預，警，的。

一開始，我們躺在床上聽到外頭有動靜時，都還不以為意。是誰想得到爸媽會想跑來突襲慶生？

直到我爸拿著我給他的備用鑰匙開始試圖插門。

「欸，奇怪這怎麼開啊？不是這把嗎？」

感謝上天我的門鎖是那種要轉好幾圈，不是很好開的。

『好啦好啦，反正妹妹也聽見了，直接按電鈴了啦。』隨之，我媽聲音傳來。

那刻，我感覺心臟直接停止。

誰想得到這才是真正高潮，痛都不痛了⋯⋯。

我們幾乎是閃電般立刻跳起來，連滾帶爬地把他送進廁所。不斷喊著「來了」、「來了」拖延時間，快速穿上衣服，然後將他所有東西全直接往裡面扔。

但哪藏的住？

我爸進門沒三秒就察覺不對了。

他安靜地看著我，我默默地看著他，名副其實地死亡凝視。

『欸，你幹嘛擋門口，進去呀。』直到後頭的我媽對我爸說。

「啊…我突然想起來我跟你媽還要趕車，快來不及了。」

「生日蛋糕我給妳放這，晚點可以吃。」便又迅速轉身關門走了。

『趕什麼車，我們不是開車來的嗎？你在講什麼？』隔著門，我都還能清晰地聽到我媽抱怨。

這事一直到數年以後的未來，我才知道這事讓他難過許久。開回台中的一小時多車程，死寂一般地完全不講話。我媽形容，從來沒看他有如此沮喪過，但事後，爸爸卻是向我道歉。

他跟我說：「妳長大了，是我跟妳媽該慎重一點，對不起。」

聽他說完這句，掛上電話，我一個人躲在被子裡真的偷哭了好久。我爸這個人話不多，弄水電的，奉行凡事不廢話，直接動手去做的原則。他的 IG 辦了，從不發文，關注的也只有我一個人。偶爾想說真心話，就透過個人簡介上的文字傳達。

2021 年一月九號，是我結婚，他的簡介上僅有一行字……

「爸爸只想讓妳知道，妳是世界寫給我的情書。」

初戀，能影響有多大？

提起初戀故事，似乎會在腦海中剎那閃過的，都是筆挺制服男生，又或扎著馬尾，臉上滿溢青春笑容女孩之類的畫面。

Well這些對於我這種外表長壞了的男生，是不會有這東西的。我的故事就是從當工具人，還是最老套的修電腦開始的。若你也有幫朋友修過電腦的人肯定懂，那是各種災難啊……。

因為基本上當代的莘莘學子們，再怎麼不懂電腦，他們也一定會用個大絕招——「重開。」

而若當重開也沒用時，往往都是已病入膏肓了。好比：主機後的電源關了卻在狂按開機鍵，奇怪怎麼開不了機？欸它壞了。好比：東西全丟桌面，報告PPT、遊戲、載來的各種劇，C槽剩不到幾%，D槽卻還是幾乎空的，「欸它一直當啦？」

對，腦子病入膏肓了的居多。

「已經有重啟，並嘗試過系統還原了嗎？」因此日後每每接到求助，這一定是我的首句必問。

『有，嘗試過了。可還是很奇怪，浮標會一直往下跑。』

『有時還會發出很恐怖的警告聲。』

『是不是中毒了……』

聰明如你，猜到結局了嗎？對，她鍵盤的Enter鍵卡到了。知道真相的她，如釋重負，自己笑起了自己。

『對不起啦，這麼白癡的事還讓你跑一趟。』

『你有沒有想吃或想喝什麼，附近的都可以，我請客。』

哇，世間竟尚有如此清新自然不做作，還懂知恩圖報的女子存在嗎？頓時我只感到眼前白茫一片，似是雲層中忽落下一道天使光，耀眼地讓人無法直視，幸福來的太突然，我實在沒準備好啊。

就在她甜笑著提出邀約的那片刻。

我差點沒脫口而出：我們以後如果生個女兒，不如就叫濛濛吧。因為，她肯定和妳一樣，有雙如濛濛細雨般，讓人會不小心在裏頭迷了路的大眼睛（低沉深情配音）。

『不過要快喔，我男友應該待會就要練球完了，我叫他一起買過來。』她接著說。

這種事對於我這樣的工具人而言，其實再正常不過了。

不過也慶幸我是男生，因為我追女孩只會兩招，陪她聊天跟對她好。如果對調性別，要靠這樣打動喜歡男生，難度應該還要再乘個十吧？男生普遍比女生重視外表得太多。特別一定年齡，有過一定經歷之後，我的經驗是女生會更願意，給真心對自己好的人，一絲絲機會。

至少我就是獲得了那奇蹟般機會的一員。

球隊男友後來事實證明，是個不折不扣的渣，卻也因此留了個空隙給我能陪伴她。

「到宿舍了嗎？」00:00。

「還沒到嗎？」00:09。

「我想妳今天應該很忙，我看妳去好多地方喔，又要忙營隊，又要弄報告，回來應該都很累了，今天不用聊也沒關係，妳回來後趕快去洗澡休息」01:00。

我其實還打了很多，大部分是沒什麼意義的廢話，只是希望她能照顧好自己而已，但這次她讀了，並直接撥了電話給我。

『我也喜歡你。』她開口就說。

然後在我拿著手機，頭腦一片空白地呆滯，還沒反應過來前。

『但我還在外面忙，一直沒法回訊，抱歉。』她接續說。

『我只是想直接跟你說。』

『所以你就可以不用這麼多小劇場了。』

一陣沉默。

『欸好啦，你明天不是還要期中考？現在快去睡！』

「呃…喔，好」我還在當機。

『呃？什麼呃，呃你個大頭呃。』

『說親愛的女友晚安啊。』

於是，我們就這樣莫名其妙地在一起了，連到底算誰先告白的都不知道。雖然，她也很誠實地跟我說過，她當初喜歡上學長，只用了短短的幾秒，一個眨眼就心動了。喜歡我，卻是用了好幾個月的相處，慢慢才被打動。

『但我覺得，喜歡你的喜歡，才是真的喜歡。』她是這麼說的。

『喜歡他感覺很像坐雲霄飛車，憑著就一股衝動，很快在一起，可冷靜下來後才發現很多地方不適合。』

『可是你不一樣，喜歡上你，是一種好像從船上下來，直接腳踩著地的喜歡，踏實很多。』

接下來的日子，也確實幸福。她教會了我一切有關於女生的事情。像是女生也喜歡看正妹，然後偷偷拿自己去比，出些陷阱題。當然，她也知道實話是什麼，但仍是希望自己能在你心裡是特別的。

像是：並非每個女生，都喜歡男生替自己拿包，包包也是穿搭的一部分，由男生拿怪怪的，且東西在自己身上也比較方便有安全感。貼心當然好，但希望我不是有點粗魯地直接拿走，而是能先問她一聲。

又像是：錢真的很重要，尤其畢了業之後。

有次我從百貨廁所出來時，看到在一旁等的她，正拿著一件裙子在鏡子前比，眼神裡所閃耀的滿是喜歡。

可她才看我出來，趕忙便把裙子掛回去了。

「喜歡就買吧。」我走過去抱住她說。

『沒啦，沒有喜歡。』她搖頭。

「我剛剛看，覺得穿在妳身上一定會好看，買嘛。」我拿起那件裙，逕自要去結帳。

『不要啦！』她將裙子一把從我手上搶過掛回去。

『太貴了！我不要你再為我每天都只吃泡麵了⋯』她紅著眼眶說。

縱然這幕已過去多年，我依舊會在那些難眠的夜想到時，又彷彿身歷其境地心酸了一次。如果，那些年我能更爭氣，能更有錢一點，是不是就能替她把都用了好久好久，拍照都會卡當的 iPhone4 換一台？是不是就能帶她去一次她夢寐想去的東京，看她驚喜地笑一次？是不是，在那七年裡，我們就能再開心一點？她就會再幸福一點點。

「沒有一個女生願意跟另個男生重新開始的。」

「要重新適應一個人，重新經歷一次磨合，重新培養習慣，重新愛。」

「有多難，你知道嗎？」

「你真的知道嗎？」

這是分手後，她曾對我講到哽咽的話。原因也很平凡，我一直想要給她滿分的愛，可卻並不管她要的是什麼。我以為拼命工作，拼命賺錢，趕緊搶時間能娶她，這是愛。她卻認為活在當下，真實的陪伴，這才是愛。

我以為她又來了，都幾歲了為什麼還不能理解？我是真把時間都花在打拼啊！她卻已覺得這樣走不下去，她累，我也累了。

剛和她分開的時候，並沒什麼特別感受。畢竟生活還是很忙，工作多得做都做不完。我只將自己更加埋首忙碌中，不留任何時間去思考。

一直到某天，我加班到深夜才回家。騎車經過永和豆漿時，心想著今天領到獎金了，想走進去多買些她愛吃的，小小慶祝一下。直到走進店的剎那，如被電一般，才想到我們已經分手了。

分手好久了⋯⋯。

就在那瞬間，我覺得自己好像被人往胸口狠狠打了一棍。心臟一緊，有點無法呼吸地窒息。我如同壞掉的機器人，僵在了店門口，任憑回憶如壓抑太久的嘔吐感，一下從心裏翻湧而出。

我們有多少次來這裡吃宵夜？她是如何嘶嘴罵都是我害她發胖。是怎麼笑著安慰我沒事，有她在。

不論如何，我會有她在的。

如飛速快轉的電影，回憶很快播到了分手那天。

十一月七號，晚上九點二十分，她推開門回來收拾東西要搬走。她身穿見有著鏤空雕花袖子的水藍上衣，是很久以前我說過喜歡，便從此成為她最愛穿的。我則還穿著上班的襯衫及西裝褲，靜靜坐在沙發上看著她。

「欸，以後照顧好自己。」離開前，她回頭輕輕地笑了一下，對我說。

旋即踏出，動作溫柔地將門無聲帶上。

我依然坐在那，呆望著她離去的那扇門，一句話也說不出口。

「是妳說，無論如何都會在的。」

「是妳說，不管怎樣，我都會有妳的。」強忍住追出去的衝動，我對自己說。

那天從永和豆漿回到家後，我望著亂成一片，她離去後我就再也沒整理過的家裡。牙刷架上本來有兩支牙刷，只剩白色那隻安靜地留在那。一旁櫃上原本擺滿化妝保養品的位置已經全空，成了在紛亂環境中孤伶伶的一片空白。

好怪，總有種我無法用言語說出的怪。

洗髮精她給我留了，牙膏還特意補了一盒新的。仔細聞，好像都還能聞到一絲她存留過的氣息。

這便是我失戀後的第一次哭。

我怔在那，鼻子一酸，倏忽哽咽，迎面被一種波瀾壯闊的情緒海嘯狠狠淹沒，僅能不停地哭。

那也成了日後許多次開端的第一次。

如果說失戀是來得又快又急地一次大病。習慣、想念、回憶，應就是隨之而來，怎麼也好不起的乾咳。

我想過，為什麼初戀幾乎必然的，皆以分手做終。想到的答案是，因為初戀時，我們都僅知道去愛，卻始終不懂該如何去愛。往往總是要等到事過境遷後的某一瞬間，或有天在等紅綠燈時，或是淋浴凝視霧氣蒸騰時，又或是路過曾和她比肩的夜市時，才突然間弄懂了當初她說那句話的意思。突然驚覺自己其實做錯了。赫然發現了那些過去從未察覺到的傷害。

此後的她不再是她，卻每一個出現的人都像她，都有那麼一點她的影子在。

在我還是學生，還是那個燃著屠龍熱血的中二少年時，我很愛看九把刀，尤其是《那些年，我們一起追的女孩》我看了無數次。只是當時的我，怎麼也想不到，類似劇情，竟會同樣地發生在我的現實人生裡。

她婚禮那天我也去了。

或許，僅差異在，我並不存在半點搗亂的想法。我是來道謝的。感謝曾經那個她，陪我走過的那些年，感謝她教我如何長大，感謝她用青春，給過我的一切美好。

整場婚禮，我們並沒有交談半句話，我只是以一個老同學的身分，悄然地、安靜地、不願造成任何打擾地，望著她身穿一襲夢幻白紗，在緩緩響起的音樂聲中步出，面對我接近，而後換成背影慢慢漸行漸遠。

我拚了命拿出自己最自信、最燦爛的笑容。

雖然不知道她看到了沒，但我想要給她最好的祝福，我想要讓她知道我祝福。

曾經的那個男孩，終究是長大了

雖然，還是，晚了那麼一點點。

衝突，並不是強勢那方就算贏

女孩，十八歲，和初戀約會，兩人一起去吃學校旁的一間快炒。她非常不開心。

因為此時的他們正處遠距，女孩為了要和他慶祝紀念日，特別搭好幾小時的車，南下去找他的。

在前一晚，想到終於能見面就開心地睡不著，一早就起床收拾準備，還特地選了件他喜歡的蕾絲平口小洋裝，想給對方驚喜。

然而此時，化了半天精緻的妝，迅速地就溶解在了連冷氣都沒有的悶熱裡，而洋裝亦是為油煙味所沾滿。環顧周遭，一旁是四處零散的塑膠椅凳，隔壁好幾個刺青大叔不只在大聲么喝著乾杯，煙更是一根接著一根的抽，嗆得讓人猛咳嗽。

紀念日好幾個月才一次見面欸，專程搭數小時的車才到這的耶！女孩在心裡越想越委屈，於是情緒累積成了憤怒，終於在對方一不小心夾肉給自己時沒夾好，落到了洋裝上，弄出一塊污漬時徹底爆發，包包一拿，就果斷起身走人。

對方見狀慌了，也顧不得一桌剛上的菜，當即追到女孩旁，一遍遍、一次次地道歉。

「其實，我也沒有這麼氣。」女孩後來自述時說。

「但當下就不想這麼快原諒他，我也不是很知道我在想什麼。」

這件事，在失去對方，又過了許久許久後的日子裡，成了女孩最大的遺憾。總是，會回想到那時對方慌亂，而又不停道歉的模樣。想到他其實也是有用心的，這就是他愛吃的，只是用心未得要領，自己又何嘗不是？想到大概就是這一件件累積的累，終而逼退了對方。逼退了一個，本來深愛著自己的人。

聽故事這麼多年，這是極少有讓我深刻到始終無法忘記的之一。不僅是自己有過類似經歷，更是親眼見證著，這樣的場景就像永無止境的循環，反覆地一遍遍、一次次地發生在不同人身上。

有男生追著女生道歉，卻被冷淡對待，努力被棄之如敝屣。也有男生毫不留情面地在街上對著女生破口大罵，迫於群眾眼光，害怕丟人，女生僅能選擇沉默地掉淚。

表面上，是強勢那方勝利，利用了對方懾於衝突的心態，達到了想要的目的。但當我真的有機會與這樣的強勢者對談，卻往往發現，在這過程中他們同樣是痛苦的。與相愛、重視的人起衝突，又有誰會是贏家？

真正問題一直是面對衝突，兩方都不曉得該如何處理。我認為，這也是在我們文化中的弱項。

不知道大家兒時有沒有過一種經驗，當和同伴起衝突，吵架，甚至打架了，大人們標準的解決方案就是無條件兩方都懲罰，然後以權威強迫兩人互相道歉，握手言和。

回想下當時情景，不服，對吧？

憑什麼呀？明明就對方先動手、對方有錯，結果我們得到的卻是相同的懲罰，還得被迫原諒他？

在這種模式下，衝突的根本非但沒有解決，埋下積怨更深的種子。更是很容易傳遞了一種訊息，那便是越不怕事、越大聲、越強勢的人贏。反正能以武力、話語權壓過對方就好。即便對方尋求救濟，也只會得到和稀泥般的結果，就因為大人很多時候懶得了解事情真相，便自以為各打五十大板的公平。

很多人不自覺地，就重複著小時候學習而來處理衝突的模式，甚至複製起父母，最終也成了自己曾最討厭的那種大人。

然而，這並不代表這樣的循環不能被打破、改變。

「對不起啦，我不是故意的。」

「我不知道這對妳來說這麼重要。」

這是我在校園裡瞥見的一幕，女生感覺很生氣地不斷向前走，而另一應是男友的同學就在後面快步追著。但又似是不敢靠太近，僅能跟在約一步之遙的距離，一次次地不知為何而道歉。

跟在後面的他或許看不到，但走在前頭的女生，雖然腳步刻意地加速，眼神亦是刻意堅定地直視不回頭，卻是也正在哭，表情都揪在一起的悲傷，任憑眼淚婆娑而落，連伸手去擦的動作都沒有。

然後，驀地間，女生猛然停下腳步，轉過身來。

「抱抱。」她將頭撇開，似是意圖掩飾剛剛哭過的痕跡，並將雙臂張開大大地說。

男生一時愣住了，不過並沒多久，便恢復神智，一箭步向前將她緊緊擁住。

「好啦好啦！別抱這麼緊。」女生翻了翻白眼說。

「你快勒死我了啦！」

「你可別以為這麼容易，我氣還沒消呢。」說是這麼說，卻也沒半分要將對方推開的意思，自己手都很誠實地放在他的腰上。

我覺得，這女生的作法，正是面對衝突中堪稱教科書的範例。

第一，你要意識到自己的情緒。

劇烈情緒波動通常都是在短時間內發生的，在沖昏頭的當下，其實並不容易意識到。加上其多為偶發事件，就像真正在考場答題，和在熟悉的學校考試，緊張感就會有落差——人很容易對自己能夠控制情緒的能力有過高的期待。

因此，面對衝突第一步就該是意識到自己情緒已經上來，會和平常有所不同，從而採取行動應對。就像這名女生，為避免衝突惡化，先離開現場本身是有效的做法。

第二，試著描述情緒，並清楚表達自己的訴求。

每個人都是不同的，無論多親密的人，都不能預設對方能夠在你不說的情況下，真正了解你的想法。

但所謂說出來，並非是駁過對方，因這往往僅會讓對立進一步升級。這也是我在學生時代參與辯論賽時，最大的體悟——不管你自認論述多有道理、邏輯多精密高超，對於站在對立面的人而言，基本不存在真正的說服。特別是在親密關係裡，若對方總是難以反駁，得到結果僅會是逼得對方後退，甚至從此拒絕溝通。

因此，衝突第一時間最有效的，是表達情緒與訴求。直白地讓對方明白你現在處於生氣、傷心、孤單、害怕的情緒中，並你希望對方能具體做些什麼改變這種狀態。

這好處在於，情緒本身沒有對錯，單純表達情緒避開了由兩人價值觀不同而產生衝突的本質。

「你為什麼要大聲？」這句很多人吵架時會用的王牌，便是聰明地將戰場從道理轉為情緒，頓時對方就難以接話了。當然，更聰明地做法仍該是用稍微圓滑，避免進一步升級衝突的方式表達，例如：

「你剛剛這樣大聲，會讓我感到很害怕。」、「能不能語氣不這麼兇？你這樣對我，我會傷心。」當先有稍稍示弱，且結合表達情緒的語句，對同樣在乎你的人一般也會願意緩和下來，接著才有溝通的可能。

不過我也能理解，在身處情緒之中要示弱，並非一件容易的事，因此如同這位女生一樣，用表達愛的表情、肢體語言，讓對方明白你的情緒源於重視，衝突也能得到有效降級。

第三，回應衝突產生的根本原因。

「不可以這麼不懂事！」回想一下，類似如：不可以任性、要乖、要聽話等等語句，長大過程中，是不是沒少聽過？那你的當時感受如何呢？

就我經驗，很多大人都不願意承認的是——他們所謂的要孩子懂事，更像是要孩子別製造麻煩。當然，這其實無可厚非，人天性就是如此，我們很直覺地便會將自己感受、利益擺優先，而不會去想站在對立面人的立場。但同樣的，人之所以為人，正是因為我們擁有理性，能透過換位思考達到一定程度的共情，並進一步可以約束、改變自己的行為。

記得曾看過一位媽媽，將孩子送到幼稚園，在門口要別離時，女兒不停地大哭，要媽媽不要走，喊著她要回家，她要媽媽。

「妹妹，不要擔心，媽媽一定會回來接妳的。」有別於許多大人責難的作法，這位媽媽是蹲下來，誠懇對著女兒這樣說。

「送妳來這裡，是媽媽希望妳能認識更多同年齡的小朋友呀，妳不是在家都覺得很孤單，沒人陪妳玩嗎？這裡有很多同伴都可以陪妳喔。如果妳真的還是很害怕，也沒關係，妳就跟老師說，請老師打電話給媽媽，媽媽立刻就來接妳回家，好嗎？」

這位媽媽不僅是，正面回應了孩子面對分離、自己會被拋棄的恐懼，並對此提出了解決方案，讓女兒能放下心來。更重要的是，她讓女兒知道，自己的情緒是被重視的，她有被媽媽放到心上惦記著，這在親密關係裡，遠比任何道理都還要來得重要。

同樣地，面對情人、朋友，或其他任何重要的人也都是同理。若想要真正將衝突化解，在緩解情緒後，仍是得針對本源問題解決。想一下，為什麼對方會有你所不認同的動作？為什麼會做出讓你感覺受傷的行為？是否站在對方立場，他這樣做也是合理的，換成你是對方，也可能會做出同樣選擇嗎？如果你是他，你希望會怎麼被對待呢？

你的感受是重要，該被重視的，他的感受亦是；先處理好感受問題，才有辦法著手真正解決兩人產生衝突的真正問題。

情侶分享故事聽多後，讓我意識到一件事，如果你要真愛定義為完美適合，各方面都接近滿分的契合，不是不可能，僅是這機率小到你不如去簽樂透。

絕大多數的我們，都是凡人，都有自己的想法、信仰、價值，都在迥然不同的家庭、文化、環境下長大。能和彼此走下去，始終靠的是雙方都願意你退我讓的相互包容。

與人交往就猶如一場先達成彼此磨合，還是先將感情耗盡的競賽，你必須誠實地捫心自問願意為這段關係付出多少；那他呢？你們二人是否在對彼此重視差不多的基準上？終究，衝突可以化解，但感情殘忍在於有如乘法，相互奔赴時什麼都容易，然而只要一方歸零放棄了，那答案便永遠都是零。

最後，分享我曾在訪問影片中看到的一幕。記者先是敘述了當代人感情不長久的現況，接著訪問一位牽著奶奶的爺爺，問他們能白頭偕老，相愛這麼多年的秘訣是什麼？

「我們不放棄。」爺爺含笑望向奶奶，眼裡滿是光芒地說。

我們大家的管理員阿伯

「男生？什麼男生？」

「嘸啦，陳太太妳別聽人家黑白講。晚上我值班的呀，我看妳女兒都是一個人回來的。」

管理員伯伯煞有其事地作證完後，還不忘順帶黑了下幾個愛碎嘴的婆媽鄰居：

「就是太愛八卦，沒事找事，眼紅看不了妳女兒長漂亮又優秀。」並在臨別上樓前，趁我媽轉頭不注意，對我眨了眨眼，舉起拇指比了個大大的讚。

這就是我家大樓的管理員阿伯，很可愛的一個人。記憶力分明超群，我們小社區雖不算大，但也有逾百戶。每一戶，每一個人，連哪隻狗、哪隻貓分別是誰家的，他都能記得起來。可若是遇到壞事，那記憶力就變特別不好，都會不小心想不起來。

像我高中偷談戀愛，讓男友送回家，在門口偷抱了一下分別，他不僅大力替我做「偽證」。事後更提醒我小心，送到附近巷口分別就好，別到門口，三姑六婆吃飽沒事幹的鄰居多，他也只能幫我幫到這了。

「唉⋯就一堆老人，也不知道腦袋裝些什麼。高中生談戀愛什麼稀奇，是民國初年的人膩？這也要管，拜託！先管好自家的狗別看到人就亂叫好嗎？」邊抱怨，邊華麗地眼白朝上，翻了個大白眼。

名副其實像是把年輕人的靈魂，裝在個白髮阿伯身軀裡的感覺。後來有次，他見我下樓，慌忙地就趕緊招手讓我過去。我原本以為有什麼事，不料他只是指了指電梯監視器。

「看到沒，這才是專業。」如同球賽評論員，他指著畫面中正擁吻伴侶的男生說。

「他還不是一直親著喔。很多人都不知道一直親人家女生會膩，時不時要換一下。看到沒，看到沒！經典地以親額頭收尾！門開前馬上恢復正常。那就是種餘韻未消，待會繼續的感覺啊⋯⋯」

最後等那對若無其事的情侶，從電梯出來經過時，他還不忘立刻收起笑容，禮貌而專業地朝他們點了點頭。

『你怎麼知道這些的啊？』待那對情侶走遠後，我讚嘆地問。

「天天看呀！」他聳聳肩。

「我也不懂耶，談戀愛好像就會讓人忘記電梯有監視器這件事。只要情侶走進電梯，裏頭沒人，十有八九都會做些怪怪的事。」

也是這句話害得我每當和男友走進電梯，他開始動手動腳要吻我時，腦海中都會浮現阿伯得意的臉。好啦，如此將他描述地可能有點不太正經，但平心而論，阿伯對工作絕對是嚴謹並細心的。大廳哪裡髒了，不等清潔阿姨，他主動就會去打掃。

住戶交代事項從不馬虎，誰進來第一件事就是招手說：「掛號、包裹喔。」以前 Line 還不發達時，還會代為交代諸如：「欸你媽說包子熱好在電鍋，記得吃」這種瑣事。甚至有住戶忘記關火，差點釀成嚴重火災，也是他即時發現，馬上報案處理而避免的。又或者像工作日誌這種東西，每個管理員都要寫，但實際上大家都隨便寫寫居多。畢竟沒領多少錢，也幾乎沒有人會去認真查看。可就他永遠會用如同小學生練生字，貌似有些稚嫩地大，卻是一筆一畫都整整齊齊的字體，一行行詳實紀錄。

據說管委會有次想省錢，換另間收費比較便宜的物業管理公司，都還只是提出討論而已，便被住戶群起強烈反對，誰換都可以，就他不能被換。

不過阿伯並不幸福，至少不是常人眼裡會認為的幸福。另一半罹癌早逝，唯一的兒子也並不孝。吸毒，把家裡錢都敗掉了，反反覆覆出入監牢，再沒聯繫。於是只剩阿伯孑身一人，到了退休的年紀，卻仍努力地在與生活搏鬥。

「以前小時候在台南老家，養過一隻狗。」阿伯曾和我說。

那隻狗看到陌生人就會叫、聰明又乖。但牠從不能進屋、大人嫌髒，嚴禁摸牠，卻也沒人幫牠洗澡。連名字都沒有，就任憑牠在外頭風吹雨淋，颱風來了都沒人管，唯一有的，是家裡每天吃剩，有時都發臭的廚餘。

「我以前覺得很奇怪，為什麼牠不跑，又沒人關牠、栓牠。」

「後來我懂了，牠走了，就沒有地方能去了。這家再爛牠也只有這個家，牠沒地方能去。不會有人去找牠的，所以牠不敢走。」

「不是每隻狗都幸福。」他望著眼前正以嬰兒車載狗經過的鄰居幽幽地說。

「大概，就和人一樣。」他嘴角微彎，輕笑了笑。

很久以後，我才明白他是指自己。我還知道阿伯很愛妻子。因為他在櫃台擺一些小小盆栽，挺好看的。他有時候就會在沒人時，自顧自對盆栽說話。

「嘿嘿，給大家介紹一下，這是新來的小劍草同學。不可以吵架，大家要好好相處喔。」

聊了才曉得，這是源於妻子最喜歡弄些花花草草之故。

「以前都不喜歡的，後來就喜歡了。」他說。

「然後，就忽然懂她了。人真的很有趣，是吧？」

「明明都已經十幾年過去了，卻忽然莫名其妙地想起從前。忽然就想通了那時的她，為什麼會有那樣的反應。」

「原來她沒有真的生氣，她是想能被哄一哄。她不是真的好了，她只是不想要吵架。」

「原來她也會覺得你很難懂，很難溝通。原來她忍了好多，但都沒讓你知道。」

他欲言又止地停住了，沒繼續說下去。

可看他的眼神，我知道他是不想讓情緒湧上來，再講下去，會哭的。

他一直很努力樂觀，很努力要專業。在阿伯身上，我真的看到另一種面對人生的態度。

生命中都有苦難，當中許多不是你的錯，完全是束手無策。你當然可以選擇哀怨，選擇憤怒，為什麼偏偏就是我遇到？

進而將自己封閉，又或索性放棄。也可以反過來當成故事，一件趣事去自嘲及鼓勵別人。如此，不見得會因此成功，得到翻身，但哪怕是改變些什麼，你能因此快樂。

從些微不足道瑣事上，都能獲得快樂，而「快樂」，那從來才是人生真正最困難的事。

我已經想不起具體究竟認識阿伯了幾年。如同一座山，好像即便是在久遠的記憶中，他也就是一直這麼自然而然地存在。

在這麼多年間，我只想得起他一次真正動過情緒……

那是除夕夜，外頭寒流來，呼出氣都會有煙的冷。媽媽讓我把家裡訂的菜各夾些，弄成一整盤，拿下去給阿伯吃。我對此樂意之至，剛好有個藉口逃走，實在討厭過年那種和親戚虛偽禮貌的場合。

他好開心喔，不停跟我說記得要替他和媽講謝謝。於是我們便在那，邊吃邊有一搭沒一搭閒聊。

「又過年了，不知道我的孟秀有沒有雞腿吃。」吃到一半他突然低聲說。

我愣了一下，才聽懂他應該是在說他已逝的太太。

隔著玻璃，門廳外頭有一家人正從台休旅車下來。媽媽抱著嬰兒，孫女扶著奶奶，爸爸打開後車廂，裏頭滿滿的食物。

「真幸福呀⋯⋯」阿伯便這樣呆呆望向其樂融融的這家人，眼淚不停往下掉。

夜闌人靜，剔透的淚水一行一行地，從臉頰撲簌下落到他身上，在卡其色的褲子上印出一滴滴的痕跡。

而多年後的一天，阿伯終究敵不過歲月，沒辦法再做工作了。離開前的最後，他對我說，以後管理員就不是他了，沒辦法再幫我偷藏貨。我太愛買網購，以後最好改超商取，不然被我媽發現，那可就要挨罵了。

害我當場淚崩抱住他大哭。

「老了嘛，不中用，正常。妳都長這麼大了……」他卻還是一副嘻皮笑臉的。

不久得知，阿伯離開人世走了。

即便處於新冠疫情正嚴重的時候，住戶仍有過半出席告別式，來的人比社區區權人大會都要多得多。當中有好多是在外地念大學的、工作的，都專程為阿伯回來了一趟。

棺材前擺了滿滿的小盆栽。

阿伯，你快看呀！你是有家的。有好多人都把你當家人，都沒有忘記你，跟孟秀阿姨走之前，回來家一趟吧。

我這次很勇敢，大家都哭了，就我沒哭。因為我知道你討厭分別，討厭這種會哭的場合。

可我還是想好好地跟你說再見。
我只是想要能和你說聲再見。

有人說，柯達直到破產那天，生產的膠卷都是最好的。
只是世界不需要它了……
但，不需要，不代表忘記，不代表一切就沒了意義。

你也擔心過會一輩子單身嗎？

「自殺式單身？」看妹妹發的限時動態看不懂，於是傳訊問她。

『對啊，一個網路用語啦。』

『唉唉，姊妳真的老了。』

不甘受奚落，特別去查了一下，發現這個詞指的是：「嘴巴上喊著要找對象，但卻從不擴展生活圈認識人。其實也稱不上寧缺勿濫，純粹只是對出現的人完全拒絕接受。有時也覺得單身挺好，可偶爾仍羨慕他人甜蜜，幻想愛情有天自己會出現的行為。」

我忍不住笑了一下，因為這形容得實在太像二十五歲前的自己了。不過即便是這樣的我，還是談了兩次戀愛。

第一次，我承認是因為自己的不成熟，將對方弄丟了。可等第二次出現時，又變得太想緊緊攥住，付出了所有給他，得到的卻是被當成地墊，被隨手扔到地上，任意踐踏的結果。

鐘擺效應吧！人總是在過與不及之間來回反覆。自以為已經從上次經驗中得到教訓，殊不知每個下次、每一個人都是不同的。重來，就真的是全部得重新再來。心累地索性算了。我先來把生活活好，課業、工作、興趣顧好，提升自己比較重要，不都說：「花若盛開，蜂蝶自來嗎？」

於是，二十五歲。順利升遷，也加薪了一點點，從公司裡最小的，到底下也有兩、三位新人帶了。那個很渣的前男友來找過我試圖復合，我只感到噁心地果斷封鎖了。估計是出去繞一圈發現也沒更好的，才想起曾有人是真心愛過他。

奶奶去世了，其實沒有哭，至少知道的時候沒有哭。這好事啊！我一直這樣在心裡對自己說。她就不用在醫院繼續受折磨了，這真的是好事呀。

工作越來越忙，責任越來越重，好似總是被拉緊繃，而逐漸鬆弛的皮筋，一天天地也開始察覺自己是真的變老了。含糖飲料已經不怎麼碰，莫名愛上了黑咖啡。下班比起聚會，竟只想著早點回去休息。便當從油炸、嗜辣，從來不管熱量，只在乎好吃不好吃，到日日去買水煮健康餐，越吃越養生。也想不起曾幾何時開始，竟害怕起站上體重機會顯示出的數字，只得逼著自己有空去運動。

然後，有天在全家看到一名奶奶牽著孫女，偷買東西給她。

「拿著，回去不可以跟爸爸媽媽說喔。」隨著奶奶的神秘一笑，溫柔而緩慢地伸手摸摸她的頭。

『謝謝奶奶！』孫女露出秒懂得會心一笑，咧嘴笑到合不攏嘴地接過。

很溫馨的一幕，我知道。可就在那瞬間，酸楚就像鐵鎚，直接對著我的心臟重擊。宛如吃下去，才發現沾了過多芥末的壽司，嗆辣一路從鼻腔直衝腦門。手上東西也來不及等結帳了，放回架上，摀著嘴就趕緊走出店外掉淚。

她以前也是這樣對我好的。

可我沒有她了，我的奶奶沒有了，我現在身旁誰都沒有了。

大概單身久了很容易就得這種病，平常活蹦亂跳地，可以僅憑自己就做好所有事，直到偶爾，有時總會有的那麼一刻。難過、委屈、悲傷、羨慕、揪心，才有如午後變天的滂沱暴雨那般，轉瞬傾盆而下，想忍，都忍不住。

我沒有那麼差啊，為什麼？我很努力，真的很努力一直想讓自己變得更好，為什麼我就是沒有人陪呢？無論平常穿在身上的盔甲有多厚實，總會有空隙讓回憶穿過，於是一點的委屈跟孤單，就足以將我擊潰。

「那妳覺得什麼才是真愛？」時間回到現在，我傳訊給妹妹問。

『適合的人吧？』

「那什麼是適合呢？」

『相處起來不那麼累？妳跟姊夫那樣我就覺得不錯。』

我忍不住又笑了一次，隨後把一開始我跟那位她口中很棒姊夫的聊天紀錄翻出來，一一傳給她看。如果「適合」、「真愛」的定義是相處起來不累，我跟他哪有什麼後來？

對話內容不外乎就是：

「妳在做什麼？」

『吃飯。』

「吃什麼飯？」

『跟同事團訂了能量小姐的便當。』

「喔，好吃嗎？」

『還可以。』

「店在哪裡呀？」

『欸，我也不知道耶。』

這種一問一答，宛如謀殺嫌疑犯被抓到警局，對面正坐著警探詳細盤問，應訊似的對話，大概只差沒問這飯有下毒嗎？妳有沒有不在場證明。

在過二十五歲的後幾年裡，我認真檢討過自己，找出的致命問題有幾項：

第一，幻想這世上真的有一個最適合我的完美男友迷路了，他也在找我，如果我夠好，這位真愛同學就遲早自己會出現。

第二，生活太累，工作已經夠忙了，想認識人都說得容易，怎麼認識呀？交友ＡＰＰ上怪人一堆，優質的很難找耶，遑論我根本沒時間篩選。

第三，沒自信，覺得自己眼光很糟，完全不會看男生，不然怎會一次次失敗？

總結就是，雖然我仍相信真愛，但就像我也相信有人會中樂透、對發票能中百萬，但已經不怎麼相信真愛會輪到我了。

我連真愛都不信了，因為發現愛情根本不是靠信念的。如果我夠好，等久一點真愛會出現的信念，完全就是種由偶像劇洗腦出來的自我麻痺，因為這樣演，比較容易符合目標觀眾的期待。

變成只是逃避現實的狀況，降低一下焦慮感，我有在乖乖等，是他不出現的。於是真就把自己給鎖死了。就已經是生人不好開口，熟人不好下手的個性了，還要封閉自己在小圈子，任憑妳美若天仙、燕妒鶯慚，人家也是找不到妳的好嗎？

再來，也過度美化愛情了。這就有點像期待太久的電影、影集、漫畫，等得越久，失望就容易越大。愛情本來就沒那麼美好。有對象後，誰都是一樣會孤單、會無助、會難受；有時搞不好比單身時更慘，因為彼此還難免有矛盾、爭吵，妳還得收斂起脾氣，多一個人的情緒要照顧。

那為什麼想不開，還要談戀愛？

「有妳在的時候，我會覺得即使下班後，獨自在忠孝復興跟著一大群人裡等車，也不孤單了。」

「因為知道回去會有妳。」

他是一個嘴挺笨的男生，但可也正是因為如此，他認真講出來的情話，我都覺得更加動人。哪怕，他完全不是我曾經以為自己會愛的天菜。

像總看你所寫文章常提到的吧！真正喜歡上一個人後，他就成了條件本身，誰還管之前設過什麼門檻？適合與否，全是兩人後來相處出來的，連從小一起長大，同父母生、同環境長大的親兄弟姊妹都能完全不同，經常摩擦了，哪裡存在幾對情侶是生下來便天生適合？

所以，如果閱讀到此的你也像曾經的我，卻也還是抱著想談感情的願望，拜託，請嘗試著接受更多可能。這不是要你降低標準，而是不再僅憑片刻相處就一槍打死，這個人的可能或不可能。很多事情就像一個食物好不好吃，是你要去仔細品嚐、相處、去認識才會知道的。

久了，總會發現走出同溫層、認識人、交朋友，包括談感情都不那麼可怕了。會被拒絕、會想起從前、會有些曖昧就是沒理由無疾而終，這些都是很正常的事。又，如果沒有這些，怎麼知道最後那個人的可貴呢？

夢過從前嗎？我有。

反覆地夢過一樣的情節。我賭氣地繼續往前走，而他也沒有追上前。竟然沒有，怎麼可以沒有？

我一直想回到那時候，強逼自己停下腳步，大大地深呼吸一口氣，然後轉過身，好好向他道歉。

對不起，當時不該那樣任性的。

對不起，那時真的從沒這麼喜歡過一個人，只把你付出的所有當理所當然，而不知道你也是會難過、會累的。

對不起，真的很對不起。

然而夢總是到我走過轉角就戛然而止，頃刻又成空白，我只能猶如旁觀者那般，靜靜看著那個賭氣地女孩哭著離去。

直到結婚前夕的那晚，我又夢到了這幕。

可這次似乎有哪不太一樣，夢並沒有在轉角後就結束。

而是那男孩對著我笑了，在夢的光暈映照下，薄透而卻又無比溫柔地淺笑。

他好像也看到了我，終是看到了理當在這回憶碎片之外，活在現實裡的那個我。

然後揮著手，跟我道別……那就最後一次了。

我們終於，好好道別了。

國小女兒的新手機

近期是女兒生日，我們答應過她可選一樣禮物，她選了iPhone，但老公不樂意了。覺得才國小，不需要拿這麼貴的手機。

「可是班上很多人都有……那我能不能用自己存的錢買？」女兒噘起小嘴，怯怯地問我的眼前景象卻是倏忽一晃，浮現了從前。

這個情節，也曾無數次發生過在我自己身上。即便我們家經濟其實還可以，堪稱小康。小時候，我卻一直根深蒂固地覺得家裡很窮。因為不管什麼，只要跟錢有扯上關係，爸媽總是立刻精明起來，彷彿發誓要省到極致。前一個人洗澡時，後一個人就要有如接力賽準備那般，先拿好所有衣物，守在浴室門外邊等，避免浪費瓦斯熱水。燈只要沒有用到了，立刻就要關，哪怕不過離開一下下，待會回來也不行。

哪裡有試吃的，一定不客氣去拿，全家每人一盤，卻幾乎從未真的買。不過是吃頓也沒有很貴的吃到飽，全家能為此特地餓一天，就等晚上這餐。甚至，有時就是為了沒幾塊錢，也要和老闆爭得臉紅耳赤。這些也都沒關係，是小氣了點，但節省也不能說什麼錯。

真正對我產生壓力的，是他們總是會把自己為我的犧牲掛在嘴邊。

吃一頓好的——看，對你多好，我們自己平常都捨不得吃。

被迫去補習——就是愛你啊，這麼貴，還不是希望你有前途？

買一台電腦——為了你學習才買的，養你很花錢知不知道？

念經般地反覆不停地強調，生我很辛苦、養我很累人、爸媽當初有多不容易。我相信當中許多僅是隨口的，也完全能理解一對從中南部鄉下小村莊，赤手空拳到台北打拼，還要養小孩的小夫妻肯定不簡單。

但這些真正帶給我以及妹妹的，就是很深的負罪感而已。好像，不管我們做什麼，都要他們去痛苦、去犧牲。

只是被生下來，就已經犯了某種原罪一樣。

我寧可不要吃啊，要吃一起吃，不用特地把好的留給我。我沒有想要補習呀，我不也是被你們逼著，叫我去，所以只能去的嗎？

那到底為什麼，我得莫名揹上這些從來沒有要過的期望活著？一稍稍沒有做到，便好像十惡不赦罪人般，其他關於我的所有都得被否定了？

「成績不夠好，你就沒有資格。」、「沒考上哪裡，那你憑什麼？等你做到了再來說。」好像我的價值都已經被定義好，問你意見也不過是參考。做得再好，也全是應該，那是他們為你犧牲了很多才換的。

做得不好，卻又全是你必須自己承擔。反正，你是小孩、是晚輩，所以你就該如何，天經地義。記憶裡最深刻的，是妹妹因為真的很想跟同學去參加高中畢旅，偷偷存了很久的錢，打算瞞著爸媽付掉費用，卻還是被發現了。

「我是用我自己存的錢……」妹妹怯怯地說。

『什麼叫妳自己存的錢？妳存的錢不是我的錢？妳吃我喝我用我，都不用錢？沒我，妳怎麼存的？』爸爸是怫然作色，暴跳如雷，氣瘋了。

沒有給任何反駁的機會，逕行就將她的所有錢拿走，下了禁足令，畢旅那段時間只准在家裡念書。我當時大學，電話裡知道事情後，立刻就回家了。妹妹見到我，也沒說什麼，就是眼眶噙著淚水，撲簌落下。

『妳先去跟爸爸道個歉，我幫妳說情，好不好？』我試圖緩頰。

『說不定還是能去的。姊姊現在也有打工，不然我拿我的薪水讓妳去？』

妹妹怔怔看著我，猛地吸了一口氣平復情緒，而後搖了搖頭。

「姊，我不是在乎去不去，不去也沒關係。可，那真的是我存的錢。」

「那些是我在學校，幫同學跑腿、做事，慢慢存了好久的錢。」

「他們一下就拿走了。一下，就全部拿走了。」

也搞不懂為什麼，但當時注視著，平靜說出這些話的妹妹，情緒突然跟著就湧了上來，最後反倒是我緊緊地抱住她，嚎啕大哭了起來。

真的好不公平。我們姊妹從小就比身旁同學都努力啊！拼命省、拼命讀、拼命認真、拼命不讓爸媽失望。

為什麼會這樣？憑什麼這樣？

幸好，如今的我們走出來了。還是偶爾會自卑，會覺得自己不配，會在逛百貨公司、走進精品店時感到些許的害怕、不自在，如影隨形的罪惡感，隱隱約約地作祟著。即便有能力負擔，也不太捨得吃好、穿好、用好。

在愛情、在友情，都找到了歸屬，或許仍稱不上人生勝利組，但也的的確確地憑藉著自己雙手，腳踏實地、披荊斬棘地去走出了一條路。跟爸媽拉遠距離後，關係也改善很多，跟妹妹各自在不同的城市幸福。不過我仍始終告誡自己，要生，就別把辛苦怪到孩子身上。

生小孩痛、養小孩累、賺錢拉大孩子難。這些都不是小孩的錯，沒道理要讓他們承擔這些。我選的，我擔，並試著享受在其中。不然就乾脆不要生。

鏡頭一晃，回到了現在。

『好，妳可以買。』我蹲了下來，望著女兒的眼睛說。

『這的確是爸爸媽媽承諾妳在先，不能隨便反悔。而且這是妳存的錢，妳當然可以決定怎麼用。』

『但是，妳要知道，其實妳存的錢，是不夠的。存下的這些錢，包括壓歲錢，也都是爸爸媽媽要先工作賺來，發出去給別的親友，妳才能拿到的。』

『因為爸爸媽媽愛妳，並且有答應過妳，所以還是願意讓妳買。手機交給妳之後，妳有責任好好保護，並且要守規矩，節制使用。妳自己要為自己的資產負責，我們以後也才能放心信任妳。』

『這可以答應爸爸和媽媽嗎？』

所有的錯誤，停留在我們這代就好。

高中時，我曾被偷拍過

「高中的時候，我曾被偷拍過。」深呼吸了一口氣，我站在婚宴舞台上，對著底下所有人說。

那是在高二，夜晚補習課後，搭回家的公車上。當時馬上就要段考了，我一手抓著拉環，另手正拿著單字本猛背。

忽然眼角瞥見什麼，覺得怪怪的，似乎在旁邊的男子，很快地將手機伸到我裙子下邊晃了一下。

我嚇到了，但畢竟僅是匆匆一瞥，我並不能確定。定了定神，我用餘光打量了一下那男生。戴著銀亮地金屬細框眼鏡，一身乾淨整齊，看起來十分斯文。甚至或許純粹以客觀角度，他有個大多人都會認為好看的側臉。怎麼看，都和我腦海中會偷拍人的形象，有極大落差。

於是我開始不斷自我催眠，可能是錯覺吧？可能，公車搖晃造成的殘影？可能，我餘光瞥見的是其他物體？也可能僅是我太累了，上了一天課，又在車上背書背這麼久。

不過就在我將注意力移回單字本時，非常明確地看到，他就是將手機迅速伸到我裙底，將鏡頭朝上，怎麼樣都不可能是誤會。

「你做什麼！」見狀，我立刻大吼。

他貌似也驚嚇到，抖了一下，但旋即恢復鎮定。

『什麼，什麼？』而且還泰然自然地反問。

「你剛為何偷拍我！？」

『蛤？』

這下，車上其他人的目光都投過來了。

『同學，拜託，自戀也要有個限度。照下鏡子好嗎？為什麼我要偷拍妳呀？』

『是怎樣，現在都能隨便冤枉人，隨便喊？妳還好吧，背單字背到有被害妄想症？』

他講話非常酸，而且理直氣壯，絲毫沒有心虛感，劈哩啪啦地，猶如惡毒的機關槍，中間完全沒留空隙。我反擊不過，甚至看周遭有人貌似相信他。

一想到會不會讓他就這樣逃掉？之後會不會在網路上看到自己被偷拍的照片？

想到急哭了，卻也只能不斷弱弱地反駁。

「沒有，我真的有看到，絕對有！你騙人！」

兩邊僵持不下，司機便直接將車開到了沿途的派出所，讓我們下車處理。包括我爸也聞訊趕來了。

然而，等警察請他將手機拿出，他都仍然故我

『憑什麼呀？喔！男生就一定是壞人，女生就一定是受害者？』

『我隔天還要上班，拜託，鬧夠了沒。』

「講話不用這樣。」警察說。

「你看妹妹哭成這樣。說不定是誤會，你把手機拿出來，我們看一下也證明清白。」

他動作乾脆，沒一點拖泥帶水地便將手機交出去。

裏頭還真的沒東西。警察很仔細地將相簿打開來，一一看，都沒有發現什麼異樣。當下我也傻眼，開始擔心他該不會是沒有拍到，未遂。那好像就變成我百口莫辯了⋯⋯。

『對吧，我是不是講了？算了啦，我也不想計較，讓我回去就好。』

「等等，會不會不只一台手機？」我爸在旁突然說。

「你口袋還有鼓鼓的，能請教那是什麼嗎？」

果不其然，還有一台一模一樣的手機，警察不僅找到我的偷拍照，還有其他受害者的。幾乎是電光一閃的瞬間，我爸臉色剎那就變了個人。在警察都還沒反應過來前，直接就往他臉上狠狠卯了一拳，他整個人倒地，眼鏡飛了出去，鼻子都是血，接著我爸才被立刻拉住。

『對不起，對不起，對不起。我還有工作，有家人要照顧，這樣我就完了。』

『我真的是初犯，沒有前科的。能不能放一條生路……』可悲的是，他學歷不差，還是大公司員工。

對方提和解金從十萬開一路喊到五十萬，想換取刑事上不提告，都被我爸爸果斷拒絕了。結果他反過來威脅，如果這樣他也要告我爸傷害，也完全沒用。

「不要以為有錢就有用。你他媽傷害我女兒，給我天底下所有錢我都要告死你！」

「要告你就告，來啦！我陪你坐牢也不怕。」

我爸呀，他就是個在機車行當黑手的老實人，一生兢兢業業地，對誰都很客氣。我甚至看過客人當場辱罵他，他都還是笑笑地賠不是。

他跟我說，做人只求不虧己心。在家也是做牛做馬的，一年 365 天接送我和我媽，幾乎沒什麼休息過。每個月賺到的錢，就是全部上繳，自己只拿微薄的零用金。似乎他只要能偶爾和朋友去小酌就很開心了。

記憶裡，從沒看他和我媽真正吵過架。因為只要我媽一生氣，他馬上就低頭道歉，連三番賠罪。態度低到就好像他自己一點脾氣都沒有。

可就在那天，我看到一個完全不一樣的他，面對被傷害的是我，會讓他不顧一切。他自己什麼都能忍，卻絕不容忍我和我媽在外受半點欺負。他就是這樣一個貨真價實，願意把老婆與女兒當天的男子漢。

「我那天就告訴自己，要孝順他，要聽他話，要對他好。」站在台上拿著麥克風，我接續說。

「但我沒有。」

「大學離家後，我都不常回家。工作後，更少了。」

「一回去，就莫名其妙帶個男的，說想結婚了，害他擔心要死。幸虧『這個男的』好像還行，有獲得他認可。」

「我真的是不孝，對不起他這樣的愛我。」

「陳○○，講這些，只是想讓你有點心理預備。你剛對我爸說會像他愛我一樣的愛我，是給了承諾喔！」

「不過不好意思啦，同樣承諾我給不了你……我最愛的男人永遠是我爸，你只能排第二。」

「欸…等等，說不定之後生了個兒子，你就要排第三了。」

「啊，搞不好之後還有孫子，曾孫……」

現場的大家都笑了，環顧台下，只有我爸哭出來。

眼睛含淚，露出大大粲然笑容地哭。

爸，我愛你！

不管是結婚了，還是以後生子了，

你永遠會是我心中第一順位的愛。

女生分手，真正想說的話

陪著朋友去分手，或者說「告別」，畢竟在我們知道時，事情早已成定局了。

男生我也認識，算是大學同過課的同學，不算熟，但也並不陌生。所以這次明著說是顧慮安全，暗裡更是希望，若有幾個共同老友在，說不定尚有些轉圜餘地。

他們這段感情，起碼在開始時，是得到我們所有人大力祝福的。

女方真的已經喜歡他了很久很久，久到身旁無人不曉的久。都不用明說，看一眼神就知道的喜歡，試圖遮住，也會止不住從眼神中傾瀉出來的那種。

而男生事實上也不差，條件優，個性又好，而且被前女友折磨得很慘，卻因癡情太容易心軟，不斷分分合合離不開，這些大家都看在眼裡。所以在他終於放棄前女友，選擇了一直伴在身旁的朋友時，那簡直堪稱大快人心。

雖然，也弄不懂問題出在哪，竟會劇情急轉直下到如今。

「妳問吧！我知道妳想問不敢問。」在我陪在一旁整理屬於男方舊物要去歸還時，她說。

『嗯……所以，為什麼啊？』

「他並不愛我。對我很好，但並不愛我。」

這段感情本就算是朋友倒追的，男生對她很好，她自然更不在話下。只是，也就這樣了。說穿了，在一起不在一起，一個口頭約定而已。更不是答應了，便能一時半刻，產生巨大改變的魔法。縱使交往，除了多了些肢體接觸，和過去還真別無二致。

「我知道他有努力。但絕望的，正是原來他喜歡我，需要努力。」

「從朋友轉情人，又或暗戀、倒追許久成真後的悲哀之一吧？實在太了解他了。我知道他是怎麼去愛上一個人的。眼神、心思、眼淚、難受，我都看在眼裡。」

我看過你眼眸曾為她發亮時的樣子呀。

反之，你對我更像僅是在履行一種義務，猶如知道回家必須先坐到書桌前寫作業的乖孩子，你也只是將當一個稱職男友當成你該做的事，我又怎麼會不知道？

你騙不了我，誠實我又難過，於是騎虎難下，成了進退維谷，兩人宛如深陷流沙，掙扎只會往下陷，誰也動彈不得的死局。

都說漂亮跟個性好的，要選個性好的。可他們沒告訴你的是，漂亮的能讓人魂牽夢縈，個性好的卻往往只是想跟妳走下去。

一個與現實妥協，將就的結果。是適合過日子的人，卻始終不是被愛的。都說現代女孩殘忍，很功利地會看家世、背景、工作、學歷、收入等。

但出社會後我深深覺得，許多男生的殘忍同樣一點不在話下。只要不漂亮，年齡又超過，哪怕妳有其他所有的客觀條件，包括有錢也很難真正愛上妳。不否認，能超越外表及年齡這兩項條件的有，能在相處中慢慢培養出真感情我也相信，但以整體來看，那終究是比例甚微。童話之所以為童話，就跟中樂透一樣，那是鮮少人才能有的幸運，絕大多的我們，終其一生，也都僅是平凡的普通人而已。

抱歉，可能有點憤世嫉俗，就當我個人情緒抒發吧，身旁看到的案例總是如此。好不容易等到一個應該有機會能不一樣的，卻仍是沒照預想發展，實在讓人傷心。

不過想了下也是，為什麼人家的感情要照我的預想呢？對與錯我們這些外人哪知道什麼？又哪來資格評論些什麼？

分手的過程很順利。

去之前，朋友就已將東西細心地分門別類裝好箱了，現場幾乎僅是宛如衛兵交接而已。

「外套我洗過了，你回去後可以直接穿，不用再洗一次沒關係。」

「你以後記得襪子還是要跟其他衣服，特別內衣褲要分開洗，衛生注意一下。」

半點沒有爭吵、哭鬧的什麼狗血劇情，這場分手奇葩的，與其說是分手，光聽對話內容還更像是媽媽在對準備離家上大學，臨行前的孩子說教。

男生亦沒有說太多話，似是課堂上正受教的學生，安靜地一一點頭。

「然後，你有時候會粗心，忘記自己給的承諾，我知道你不是有心的，但這對女生來說很傷，下一個要記得避免。不要只想著看她不開心就急著要哄對方，你急著哄反而會讓她覺得你不用心，你只是想逃避問題。」

「你工作忙沒關係，有事業心、肯上進的男生是很帥的，但偶爾要有窩心跟驚喜，那不是有出去約會就了事的，而是要有一種你有把她放心上，只給她的特殊感，這樣說有懂嗎？」

朋友從日常生活一路講到了該怎麼對下任女孩，鉅細靡遺程度，簡直堪比叮囑自己親生兒子。

「還有……」她深深吸了一口氣，緩和了下情緒，又露出淺淺而溫柔的笑。

「你還是很棒的男生。最後，來抱一下？」語畢，她便大大地張開了雙臂。

男生眼眶瞬間就紅了，看得出淚水驀然溢出，打轉。

『對不起……』才剛抱到一起，男生自己卻先哭了，反倒是朋友僅是仰了仰頭，表情倏忽一變後，沒幾秒就恢復平常。

「好啦，快回去。明天還要上班，快回去。」

男生於是真的就走了，抱著箱子上車後，也過來跟我們點頭致了下意，旋即離開。

而朋友，則是我開車載回去的。

「不好意思啦，你們也快回去，這種小事還讓你們來。」上車前，都還不忘對著其他朋友這樣說。

可她在哭。她在哭，都還不知道自己在哭。

「其實我可以幫妳送過去的，妳何必……」看她倔成這樣，實在心疼到不捨，我還是沒忍住開口抱怨。

『想最後賭一賭……』她給了我一個意味深長的嫣然一笑後，悄聲說道。

我瞬間秒懂，她分明是想要被挽回吧？

想要最後做這些事，賭一賭對方是否有一絲愛，是否還有一絲可能。為對方好而逼喜歡的人離開，卻又盼他因愛自己而回來。

可笑，卻何嘗不是我們好多人也都曾做過的事？

你若肯挽回，我就仍願奮不顧身。嘴巴不饒人，卻又口是心非，大概是這類女生的通病。於是，用盡了自己所有的青春和愛，換來的卻僅是教會那個他，如何去愛下一個人。如何卸下渾身的刺，去溫柔地擁抱此後的另一個她。

不甘心，卻又捨不得。

說了這麼多，我總覺得，她真正想說的歸結起來只有一句：「以後你呐，不該吃的別吃、不該喝的別喝，都這麼大的人了，該要懂得照顧好自己。」

「然後，沒有喜歡的女孩，就不要去對她好了。」

「拜託了。」

我要將你歸還人海了

終於。

和曾經想像不一樣的長大

二十二歲，大學剛畢業，沒有男朋友。

其實已經習慣這樣的狀態了，還開始有點慶幸早早結束了上一段感情。雖然偶爾仍會嘴上念念好男人全死光了、羨慕現下在甜蜜戀愛中的姊妹們，又或一不小心跌入回憶漩渦，想起很久以前的那些曾經。

但不怎麼會難過了，就是淡淡想起，笑笑，再輕輕忘記，如一滴落入靜謐湖面的墨水，暈染，化開，再歸為無聲的沉寂，連一絲波動都沒有。

當真正遇到追求時，第一反應竟還是覺得麻煩，害怕自己用了好久時間，好不容易才恢復過來的生活節奏，又會被這莫名闖入的人打亂。

真正慘的哪裡僅是孤單？

而是當你終於從上段感情的漩渦中逃出，騎上馬，揹起劍決定從此浪跡江湖。誰知，剛走半途，被一陌生人攔截，口口聲聲說「他在乎你」、「以後結伴吧，你不必再孤單」、「以後都會有我在」。

你聽著一激動，便把劍丟了，馬賣了，床滾了。翌日一起來，揉揉惺忪的眼，桌上就留一紙條，他人便又不見了。一如曾經來過的每一個他，總是驚人的相似。那種喜歡就像剛看完電影，突然一時興起打算養隻貓。等發現什麼，怎麼天天都要哄？怎麼脾氣可以這麼古怪？怎麼可以毛有這麼多？怎麼你又來了？

那算了，你自個加油，掰。

又或許，找這麼多藉口也不過就是懶，懶得再去磨合，再去重新認識，再從每天晚上慢慢聊天開始，好累啊……明明就曾經寫過這作業了，到底是要再被撕掉重寫幾次？

工作上也不允許，畢竟房租開始得自己負擔了啊。縱然我並不是會亂花的人，可仍是在離開學校後，逐漸深刻感受到錢的重量。吃餐廳、團訂飲料、點心、東西時開始會算價錢，有時即使想喝，想到已經月底也會忍忍算了。

花在服裝上的開銷越來越少，從以前每個月有閒錢，看到喜歡的就買，到後來僅是偶爾的犒賞，手滑之前會告訴自己要剁手了！添購的也從考慮流行，到越來越實用取向，以能長久的經典搭配為主。

二十四歲，在職場上經歷的風雨稍多了一些，自己也從起初遇到問題時的慌張不知所措，到無論如何都能處變不驚，至少是臉上看不出來。

慌張沒有用啊，再沒有人會因為你的無助而給你包容。無助？那是學生才有的權利。

最明顯的變化，還是參加聚會的次數直線下降吧。下班、放假，比起和一群人出去，更寧可早點回家，能躺在自己床上，摸摸貓咪的肚子，就覺得很幸福。

還是喜歡旅行，但不再是有人約就去，而是會慎選同伴；也回想不起從何時開始，不再排斥獨自旅遊、獨自電影、獨自去任何一時興起想去的地方；最後，就是萬年都只約那幾個相處起來自在的朋友。

生活夠累了，不開心的聚會找個理由推掉就好，又何必去？

經濟上開始對自己好些了，每月月初先把該存的如房租、投資、生活必要花費存起來，剩下的便都是自己能花的，開始允許自己買好些品質的東西。特別對食物在乎，再不愛去學生時期喜歡的吃到飽，注意起養生，吃之前都會考慮熱量、甜度、油不油、蔬菜量多寡，可以為健康多花點錢沒關係。

二十五歲，也是從這年開始，真正明顯地開始感到自己有了初老症狀。

不再愛過生日、坦然接受被叫「姊」，有時甚至會被孩子喊「阿姨」。有時走到一個目的地後，頓時又忘了自己為什麼來，只好默默又折返，走到半途想起再走回來；跟父母電話永遠說自己很好，只報喜而不報憂。

最好笑的，大概是自己離開哪裡前，都要在心裡碎念「手機、鑰匙、錢包」、「手機、鑰匙、錢包」。這主要是一次出門太急，鑰匙忘記帶了，而偏偏那天又加班到深夜才回家。房東早睡了，訊息沒回，電話太晚我也不敢打。附近鎖匠我一個不認識，就算找得到，肯定也都關門了。站在家門口，天氣很悶熱，我渾身都是汗，衣服濕漉漉的，頭髮貼在身上好不舒服。好死不死還恰逢姨媽洶湧潮水般地兇猛襲來，下體一陣濕漉的溫熱，我卻連一個能換的地方都沒有。

我真的好累好累，累得好想要哭。

後來也只能強忍著痛，走到近一公里外有廁所的全家更換，趴在休息區勉強睡睡醒醒，小憩了一夜。

「說吧，怎麼了？」才剛掛完跟家裡的電話，媽媽旋即又打給我。

「傻瓜，妳是我女兒，妳有事我怎麼會不知道？」

僅憑著幾句寒暄，她就能從聲音聽出了不對勁。也搞不懂為什麼，明明這就該是件很感動的事啊。我卻忽然的悲從中來，一下所有的孤單、難受、委屈全湧上了心頭，再也忍不住哽咽。

『媽，我好想要回家。』

『媽，對不起，我真的好想要回家，能不能讓我回家⋯⋯』

那應該，是從大學離家後唯一的一次，我在家人面前崩潰大哭，完全忘了自己已經二十五，使勁而嘶啞地如六歲女孩那般的嚎啕大哭。

媽媽聽我說了一晚上的話，隔天就從花蓮上台北陪我住了兩天才回去。

家人的愛是真實的。

二十六歲，我還是談了戀愛。

嚴格說是二十五談的，正巧發生在交界上，就算二十六吧。

我覺得這年紀對感情野剛好處在一個交界，還是偷偷地會期盼浪漫，也還有著想為一個很愛很愛的人奮不顧身，放棄所有跟他走的衝動。可卻也學會考慮現實面。

看多了男人的套路無非就那些，有些弟弟來搭訕都會忍不住在心裡發笑。有好有壞吧？一方面知道哪些只是在亂槍打鳥，哪些是真心。另方面也有一點點不喜歡自己過於現實的理性。

太遠？不要，遠距離好可怕。

太小？無法，喜歡不上比自己不成熟的。

已經是一種無法輕易心動的生物了，如果覺得不可能，有些許好感我也會立刻抹滅，半點機會不給。確定自己喜歡的，對方不用這麼累也會去靠近，我也主動試著做球給機會。

「還好啊，男生也是。」在我坦承將想法說出，問會不會太現實時，那個他答。

「以前年輕時，還不只管女生長正不正，有喜歡就先追下去再說。」

「最後都是綜合考量的吧？」

「那種只憑感覺就能不顧一切的喜歡，也只有十幾歲了。」

我們完成了青春年少時的夢想，回到青春時，卻又成了夢想。

如今，三十二歲的現在。

最近終於在林口中段的家樂福附近，找到心儀的房子，有問到房貸 1.44% 利率真蠻誘人的，在考慮是不是該出手。不過工作好忙，他又去出差了，變成我得蠟燭兩頭燒，一下班還要趕著去幼兒園接孩子。

前天甚至忙到忘記了兒子，直等發現老師打來的 n 通未接電話，才驚覺糟糕！等我幾乎是跳起來，急匆匆地趕到時，全幼兒園早已只剩他一個，我也只能拚了命地彎腰鞠躬向老師賠不是。

「麻麻，我以為妳忘掉我了。」兒子眼眶紅腫，貌似剛剛有哭過。

『對不起，媽媽請你吃好吃的好不好？』他卻搖搖頭。

「沒關係，我知道媽媽工作很辛苦。」隨後飛快朝駕駛座的我臉頰上啄了一下說。

「爸爸說，媽媽糊里糊塗，常忘東忘西的，要提醒她。」

「他不在，我就是家裡唯一的男生了，他最寶貝的媽媽就交給我保護了。」

車子繼續向前，擋風玻璃外的五光十色飛速向後，彷彿駕駛著時光機器……

而我終於也來到了，曾殷殷期盼的長大。

這才是我要的未來。

其實，每個年紀，都有每個年紀的美好。

從哪些細節，能看出一個人的自卑？

在群組中若非必要，絕對不會出聲，我總覺得若傳出訊息後，大家唰唰唰地已讀，卻沒人回應，很可怕。

不喜歡麻煩任何人，即便是店員、空姐、服務生等本來就能麻煩的人。只要對方臉色閃過疑似困擾的表情，哪怕對方有欠自己人情，都會感到內疚。

通話恐懼症，莫名討厭還沒很熟的人，無預警便突然打電話過來。只要是能用打字解決的，一定打字回應解決。

當面對有喜歡的人，很想能和對方再多說些什麼，也總會感覺似是在下棋。特別害怕自己講錯了什麼。對方已讀沒回了，儘管理智上清楚，不見得代表什麼，還是會止不住地胡思亂想。

到後來遇到在眼裡會閃耀的人，也不敢真正喜歡。興許仍會動心，但馬上就會恢復理性，告訴自己不可能的，還是洗洗回家睡。人家這麼好，為什麼要喜歡自己？算了吧。

發文後特別在乎別人給的反應，會忍不住不停重整，想看看有人按讚、留言了沒有。有時過陣子發覺不如預期，便默默刪了，甚至過程中慢慢變得不愛發文。

尤其害怕路上碰到那種半生不熟的人。要打招呼不是，不打招呼也不是。尬聊又怕痛苦，只想趕快結束對話能逃離現場。不喜歡被矚目，任何形式都是。哪怕是在眾人面前受表揚稱讚，也會覺得自己不配。拚了命地試圖表示其實沒有，只想將自己給藏起來。到一個程度，若知道一場本來就不想去，僅是拒絕不了的聚會被取消了，還會放鬆地長吁一口氣。

認為別人的稱讚，大多都是因著客套理由居多，並非真心。也還是相信這世界上有真摯友情及愛情，但卻越來越懷疑，是否自己有機會遇到？

以上說的每個描述都是我。我也試著去找過原因，而最直觀想到地，便是認為自己長得醜……

國中小都在屏東鄉下小地方讀，同學互相全認識，很純樸好相處，高中念的也是女校，因此大學前都還並沒有深刻感受。

上大學，就不一樣了。

「乾很衰欸，為什麼抽到豬啦。」

「你行你上啊，不要只會出一張嘴。」

雖然是沒當面，但男生背地裡一句句血淋淋地評價，和明顯痛苦、不耐的臉色，就像刀一樣，直接刺進心臟。

我沒說什麼，只跟身旁朋友小聲道歉，便逕自回去。

在那之後，我再沒參加過任何聯誼。

不過這也只是不參加，真正擊垮自信的最後稻草，還是許久之後的一次，我用了五個月時間，陪了一男孩從失戀中走出，到好不容易漸漸有了些許曖昧，我覺得終於輪到我談一次戀愛的時候。

「抱歉，我想了想，我還是沒有辦法。」而後有若退潮海水，轉瞬退去，消失無蹤地消逝。

他不糟糕，真的。以我對他的認識，他已經是個很專情的好男生了。

但正是連這樣的好男生，都沒辦法，更傷人。

「對妳我很抱歉……」

「我理智上知道妳很好，可情感上沒有辦法喜歡妳，就是…沒辦法有那種感覺……」

『沒事，我覺得你很棒了！這又不能怪你，我本來也沒期待沒什麼呀。』

我安慰他很久

「這樣…以後我們還能是朋友嗎？」

『當然。』試著彎起嘴角，我給了他一個大大的燦笑。

接著我走向捷運，望著隨著關門的逼逼聲響結束，被快速拋到後頭的他。在車上的我安靜地，將頭埋進雙手裡，小小聲，哭了很久很久……久到我忘了我是怎麼回家的。

從這件事起，我下定決心要改頭換面，想要變漂亮一點，至少是重新找回自信一點。

要不要猜猜然後？

嗯，更自卑了。

我記得我第一次畫了全妝，戴上隱眼放大片，還換了件請室友特別挑過的白色連身一字領上衣，及搭配的褲子、鞋子出門上課。半點沒有什麼自信光芒啊之類，我只覺得彆扭，涼涼的感覺好奇怪，看到熟人就趕緊撇頭避開，低著頭，完全不想被認出來。最後課堂結束後，我幾乎是用逃的逃回宿舍的。

自卑，簡直深得像已經刻入了我的骨髓裡，哪怕明白不見得惡意，當對方盯著我看的時候，我下意識地就是想逃，覺得肯定是自己哪裡奇怪。

那硬是堅持變漂亮下去，有沒有好處呢？

還是有的。最明顯的，就是異性態度的變化、以前朋友訝異的表情，紛紛都來問妳怎麼做到的，好勵志啊！也很快有了追求者，總感覺世界一下子變善意很多。

那有解決自卑嗎？

NO，沒有，半點都沒有。

有次去海邊玩，我發了張泳裝照，其實底下90%都是稱讚，但就某個不太熟的朋友，留言一句：「唉呦，這誰呀？穿比基尼了耶，都要認不出來了」

我便玻璃心碎了。

超級玻璃心，我知道。

對方搞不好都沒想太多，不存在什麼特別惡意。但就這無心的話，一下就勾起了那些往事，那一張張嫌惡的臉又重新在眼前浮現。

我才驚覺，我半點都沒有走出來。是，變漂亮改變了我很多事，我也因此有談到戀愛過了。但單單變漂亮，並沒有因此將我從自卑中救出來，愛情也沒有。說不定，還惡化了一點。

我發覺自己似乎正陷入過度補償的惡性循環。就像小時候吃不到的零食，長大買了一大堆來吃，才發現好像也不怎麼樣的空虛感。

只要對我好，我很容易就願意點頭答應開始交往，並忽略一切的不合適。隨後才發現，對方這一種喜歡，只不過是路上看到隻可愛的貓咪，會讓你想摸摸她的頭，撫一撫她毛皮的喜歡。妳要膽敢把要哄、要陪，會偶爾鬧小脾氣的那個自己拿出來，他立刻便要落荒而逃。

於是心空了下來，妳又想再找個人補，其他追求者輕易填上，不停重複著相同的惡性循環。這種情況的我，根本不適合談感情，總是過度用力，於是玻璃心，易挫折，太害怕失去這些，又回到當初。

就連最小的約會，也要花很多時間梳妝打扮。反過來變成連去買個東西，若沒化妝，都有強烈的不安全感，非得至少戴個口罩才肯踏出家門。

好像我的價值，只有外表，荒謬地將素顏都當成是種丟臉。外表的改變非但沒改變自卑，還反成了照妖鏡，讓我看清了自己的自卑。

我只是在透過打扮去博取別人的認同，可是認同這種事，哪可能真的掌握？連情商高如林志玲都有人在罵矯情、做作了，妳努力終其一輩子能超越她嗎？如果要把自信建立在別人對妳看法上，注定的就是自卑，不管妳各方面條件提升了多少都是。哪怕有 99.9% 的人贊同，也只要那 0.1% 的討厭妳，就能輕易讓人難受——這才是自卑的本質。

我的爸爸都在外忙工作，因此平常並沒有很多話，去上大學後更是如此。但有段時間開始，他每天都會傳一則笑話給我，大部分都非常冷。

「欸女兒，知道為什麼壞事一定要中午做嗎？」

『？』

「因為早晚會有報應。」

『………』

真的就是那種早餐飲料杯蓋等級的笑話。

『爸，你幹嘛每天傳啦？』

我原以為他只是一個人孤單無聊，可直到暑假我已經回家了，他還繼續傳，忍不住去敲門細問，才得知原因是他以前偷聽我和前男友聊天，都會笑個不停。

「我就想，他離開了，那換我講笑話給妳聽好了。如果可以逗妳笑，妳應該就比較不會難過。」一向木訥的他，如今臉上卻略透著小孩被看穿，羞愧扭捏的慌張。我被這幕一下刺穿了心，撲過去就將他抱住。

「妳媽媽以前也很愛笑……」他小小聲地呢喃。

我不敢抬頭看，但沿著頭髮，落到脖子上的濕潤感，我知道他哭了。媽媽冒險於颱風夜搶收成，再沒能回來過，已十餘年。至今，我家餐桌上，他仍永遠都會擺一份媽媽和我的碗筷。

真愛，還是存在的，
只是有時候，你誤以為那僅存在於愛情。

我的追星族女友

「又要去演唱會？」

「呃…妳會不會…買太多了一點？」

「喔，所以這叫本命？就是最喜歡的，還有不同就是了？」

另一半對於追星非常熱衷，我並不討厭這件事。但說實話，我確實覺得有點太過於不必要。會寫這篇，主要是不久前在論壇看到有人分享追星資料被丟，因而本來要結的婚姻告吹的文，也想分享一下自己的心路歷程。

在交往前我就知道她追星了，據她的說法，她對我動心的關鍵事件之一，正是因為當時我幫她搶到票，還陪著她去，她覺得願意這樣做的男生很帥。

「我知道你沒興趣。」她緩緩地說。

「可是你還是願意陪我去，耐心地聽我講這些。而且還真的有聽進去。這樣尊重對方，不是每個人都做得到的。我之前遇過的男生，他們都只覺得無聊。」

但站在我的角度，我認為自己僅是換位思考罷了，畢竟，我也有熱愛的球隊、球星，她同樣會陪我看比賽。

「喔喔，所以現在是哪邊拿到球了？」

「衣服中間有個橋的是我們那隊？」

「啊啊啊！」隨電視螢幕中的隊員進球，她猛然跳起來用力鼓掌尖叫。

「欸…我有叫對嗎？是我們進球了對吧？」然後看著被她嚇到的我，才一臉不好意思地轉過來，訕笑著問。

甚至蜜月旅行中，特別排給我一場驚喜，就是親眼看勇士隊比賽。

「為什麼我覺得我答應你求婚時，你都沒這麼開心呀？」她調侃說。

本質上，我覺得沒什麼不同。沒道理喜歡運動員好像所有人都認為很合理正當，而單單因為喜歡的是藝人，忽然之間就得被貼上許多負面標籤吧？

然而，這件事還是讓我有一些困擾。

首先是雖然蠢，但我想誰看伴侶這麼喜歡另一個人，都多多少少會吃醋。大概只差沒問出我跟那位本命同學一起掉到水裡，她會先救哪一個。也不是不想問，而是我還真怕她的答案不是我。對此我從沒提過，可這確實是一個痛。哪怕沒任何實質威脅，概念上知道她有更喜歡的人都會讓我難過。

再來，在我觀念裡，每個年紀有每個年紀該有的狀態。學生時代去瘋、迷一個人，很合理，誰沒經歷過這種時期？然而都到出社會工作，也該是已脫離少女年紀了，還這麼迷，我真的會覺得有些太過。

縱然，她追星花的必定都是她自己的錢。可是兩個人都走到這地步了，還有分你我嗎？我寧可她去換台新手機，甚至買個好點的鞋子、包包犒賞自己，我都會認為更有意義。

改變我想法的契機有兩個。第一是在陪她追星過程中（她不會開車騎車，都是我接送。）認識了對香港夫妻。那位香港太太比我太太更瘋，追星追到特地請假飛來台灣，然後待一天便旋風回去。

有別於我的刻板印象，那位香港太太是非常理智的人。先生在銀行工作，她自己是律師，講話溫文有禮又有深度。隨時可以粵語、國語、英語三聲道，而類似這樣的朋友，我太太還有好幾個。直白說，他們都是有能力先顧好自己的。有一定經濟能力，至少是生活無虞，並也在自己領域發光。

那追星有何不可？那之於他們就是一個每天生活的動力，可以真實地換到快樂就好啦！賺錢賺這麼辛苦，當然是要將錢變成自己喜歡的樣子。

說到底，意義本來就是相對的，對A有意義的，B可能覺得很蠢。我太太不也無法理解為什麼明明有她，我還會想看片自己動手來？為什麼要花大錢把車鍍膜？為什麼要看實況別人玩遊戲？

這麼一想就釋懷很多，伴侶歸伴侶，各自仍是獨立個體，何必把自己價值觀強加給對方？

如果什麼都還要管別人怎麼想，也太累了。再者，在過程中，我發現自己其實讓她很驕傲。

大概是這樣的男生不太多吧？在她的那一圈世界裡，都很羨慕她有這種老公，可以到處接送她，支持並理解她喜歡並想做的事。

「對呀，他在外面等我了。」

「每一次他都會來接我，他不放心。」

「真的，我也覺得自己很幸運。」

類似這種對別人的私下誇獎，看得也是蠻爽的。雖然默默有一絲愧疚，畢竟自己並不是真的這麼大方。為了她開心，是會替她搶票、接送之類，但很多時候還是會 Murmur 碎念的。

不過影響最大的，還是在一次簽名會中發生的事。對方抬起頭，看她一眼，貌似思忖了幾秒。

「頭髮燙捲了？」她有如被喊了石化咒語，整個人僵在那。

「我們見面好多次了，不是嗎？」對方露出燦笑。

「妳給的卡片我有留著耶，寫得很感人，謝謝妳。妳很會畫畫耶，我好喜歡裡面妳畫Q版的那個我。」

「對我來說是有影響的喔！有鼓勵到我。」

「還有，這個髮型很適合妳，很好看。」

他講了好幾句，不過我太太可能都還深陷被認出的震驚裡，猶如顆木頭佇立在那裏，眼睛像驚嚇羚羊般瞪大大地，一個正常的句子都吐不出來。

「男朋友？」直到他將目光望向我。

『老公了。』她才終於回話。

「我想也是。」他露出似是姨母般地溫柔淺笑。

「妳剛剛跟他講話的神情，閃閃發光呢。」

最後在本來簽名的後頭，又多加上了句要一輩子幸福的祝福語。

接過，轉身離開，還沒向前邁出幾步，剛剛都還呆若木雞的她就忽然抱住我爆哭了。

「他記得我。」

「他真的記得我……」

我想，那就是她的青春吧。

遠遠望著這麼多年的人，記得她，並祝福她。也不搞不懂為什麼，那氣氛同樣感染我，讓我忍不住陪她掉了幾滴淚。

「對我來說，他是一個超然的存在。有好多的回憶，熬過的那些孤單、低潮，都寄託在他身上。」

「跟對你的愛不一樣，你是真的和我過日子的人。」

「不過老實說，愛上你後，還是有變。畢竟都有你陪，難過可以找你，沒有這麼需要寄託了。」

「今天好有一種被嫁出去的感覺喔…感覺像是青春和我珍重道別了。」

我完全能想像，如果今天是我熱愛的球星站到面前，說他記得我，並這樣給我鼓勵與祝福，我肯定哭比她更慘。明明很多事都能有一樣的感受，又何必去貼標籤，去將喜歡分高和低呢？

總歸，即使再有下一個如此發光的人
我們卻已沒有第二個青春能去追了。

代表上一世代，向年輕人的道歉

「哇，剛剛看到沒，她喝得咖啡比我還貴。現在年輕女生是不是都這樣啊，都不存錢的？賺到錢就花掉，也不想想以後怎麼辦。寧可浪費在頭髮、衣服、出國、化妝品。然後在那抱怨薪水不漲，房買不起，唉……」

「時代不一樣囉。」

推門踏出辦公室覓食時，同僚刻意怪腔怪調，意有所指地對著我說。她所指的是我下屬。一襃而論，我也已經是離「年輕人」這稱呼很遠的老叩叩了。

在我的同溫層，類似言論並不少見，看法就是一代不如一代，大學太好考了，素質大不如我們當時。

以前我們年輕的時候，都是如何刻苦耐勞，咬牙才有今天。現在進來的員工個個不怎麼能吃苦，罵幾句都不行，動輒領完年終就辭職，害得下面流動率高等等等。

但我希望能分享一下，我自己在業界看到的真實現況。

我在一家上市公司工作，位於某園區內，規模不算小了。連同前面提到的那女孩，底下七、八年級生共有五個，全部都有碩士學歷，並且清一色知名大學畢業，其一個還是美國UCLA回來的。

面試場景至今歷歷在目，我訝異地問UCLA同學，為什麼要來啊？坦白講，我們給的這薪水，無異於是拿香蕉請獅子。就留美國，或去對岸、去新加坡應該都是會被以高薪搶著要啊！

「沒辦法。」他愣了愣，苦笑著對我說

「爸媽，女友都在這，我放不下他們，還是想回來。這已經是我能找到待遇前幾好的了……」

明明全是佼佼者，他們每一個，卻似是都活得很累。

我們公司在台北東邊，我調查過，年輕員工若非本身台北人，有家能住，幾乎全住新北，甚至更遠。包括基隆、淡水，還有桃園龜山，天天花一、兩小時以上通勤。

「怎麼沒有想住離公司近一點？」得知後，我曾好奇問過這白目問題。

知道實情後，真的頗想掐死自己，確實何不食肉糜了。現在這種房價別說年輕人，我都要將積蓄梭哈才有辦法，我們當年可輕鬆太多了。如今物價高漲，這種負擔我才不敢養老婆、生兩個孩子。

然而，這也意味著，他們很多人，都必須早上五、六點貪黑起早，匆匆出門，在捷運人潮中擠，在馬路車陣中塞，好不容易才有辦法準時九點前到。

九點前來園區晃一圈就知道，路上一身體面，提包狂奔的，從來不是罕有景況。所以打那之後，只要非必要，剛開始上班第一小時，我都會避免找他們。讓大家還有空檔能快速吃個早餐，或補個妝，或喝杯咖啡，起碼坐位置上稍喘息一下都好。

接著中午，雖然規定上有從十二點到一點多的休息時間。但現實是：僅有偶爾，事不多的時候有辦法休滿。真正忙起來，經常是眼見午休要結束了，趕緊拿出便當扒兩口飯，就得繼續埋頭忙。

下班時間亦同，能準時走人是非常稀有的，六點走是謝天謝地，七、八點是常態，晚上九點、十點離開也並不算罕見。完全可想而知，若還要花一至兩小時到家，那也將近是半夜了。洗個澡，坐一下，到底還有多少時間能留給自己？

隔天一早又要重複相同循環欸，別說年輕人喜歡熬夜，是我，也鐵定熬啊！

拜託，一天又沒了，屬於我自己的就這點時間，任誰都會想要能喘口氣就喘口氣吧？不想要這麼快，又讓生命中的一天消逝，起碼，能抓住一些光陰燃燒後的灰燼都好呀！

不可否認的，我那年代是很苦，童年是貨真價實的窮，年輕一代大概完全無法想像，拿美援麵粉袋當內褲穿的日子。但我那年代，是有希望的苦。只要你肯拚，任誰都可以有一個家，哪怕台北房子，對於普通人而言，都並非高不可攀。

林強《向前走》唱的正是當年年輕人出社會的寫照，肯吃苦、肯拚，誰都有機會人生翻身，衣錦還鄉。舉我自己為例，交大畢業後，十年不到就將現在房貸還清了，薪水年年快速調升，銀行定存利息都有十幾%。

重點是，老闆畫的餅，還真的會給。因為缺工啊，你不真的給升職加薪，我幹嘛還待著？還不跳去別間。就別說公務員了，那時是大多人認為薪水太低，不想去的。

如果能拿一模一樣的條件，去給現在年輕人，我真心認為不會有誰不肯拚，想讓生活變好的人性哪有變過？人都是需要希望活下去的。我們這群老人也只不過是位在風口上，佔盡了時代紅利，到底哪來的資格去高高在上批判新一代？

況且，現代年輕人不拚嗎？

沒有吧。

能讀到好大學，哪家小孩不是寒窗十年，熬出來的？而且一代肯定只有比一代更難，因為教育資源多了，考試活脫脫成了家庭與家庭間的戰爭。我就有認識不惜砸三千萬入主大安區老舊公寓，只為給孩子好學區的。然後呢？人生打拼十幾二十年，就為這點待遇，就過這種日子？年輕人做錯什麼，錯在晚生了這幾十年？都已經這麼難了，還要嘲笑？自己沒有兒子、女兒嗎？

換個立場為年輕下屬想一下這麼難嗎？

最讓我感到諷刺的是，說這些批評的同事自己也是女性。因為女性身分，曾吃盡苦頭——大公司對性別的隱形天花板，現代都仍普遍存在，就不要說以前了，同工不同酬是再正常不過的事，老闆都認為女性一結婚就會以家庭為重，何必花太多資源栽培？她也是靠實力，歷經磨難，好不容易才熬到有今天；卻又是反過來，擁抱了那些曾迫害她的價值，也成了迫害者之一。

說白了，無異是曾受婆婆虐待的苦媳婦熬成婆，自己卻也成了虐待媳婦婆婆的職場版。

因老婆的關係，前陣子我被拖著去看了部電影，叫《82年生的金智英》誠實說，原本預期是很無聊的韓國電影，大概不外乎就情情愛愛來，情情愛愛去。

但意外地，過程中，給我很大震撼——特別是在女主角忙了好久，已經筋疲力盡，僅是想坐下來，像個普通人一樣，好好喝一杯咖啡，結果就被嘲弄為不事生產，只會靠老公的「媽蟲」時候。

我們會為女主角感到憤慨，現實是不是也在做一樣的事情？你只看到人家弄頭髮，有看到她多久才弄一次？

追求享受所以呢？

日子就已經這麼苦了。想至少讓自己看起來好看些、體面些，也過得快樂些，到底何錯之有？

特別是受批評的那下屬，我認識的啊！非常認真又細心的年輕人，喝杯好點咖啡就要這樣被說，到底憑什麼？

會出來寫這些分享，是想替我們這代許多仍有怪異觀念的老人們，向年輕人道歉。

我們這代很多人啊，根本不理解新一代的累，我們理解的，就是早出晚歸，揮汗如雨，身體上的累。然而，現實裡新一代面臨真正的累，卻是一種茫然，看不到未來的心累。

永遠無止盡加班，尊嚴永遠得受踐踏。薪水永遠追不上房價，扣掉租金後也存不到什麼錢。好似被關在鋼筋水泥，空有漂亮外觀玻璃帷幕內的倉鼠，反覆跑著滾輪，明明已經拼死在踩了，仍舊沒有半點移動。曾幾何時，便在這一望到底的日子中，漸漸對明天喪失了期盼，宛如身處蒼海茫茫，也已經不曉得何時能走出困局？

每個世代，不同性別、不同文化、不同人，本來就會有不同價值觀。又何苦彼此為難，強要把自己的加到他人身上？

如果看完這些，你還是不能理解，還是覺得有人把錢花在出國、衣服、包包、化妝品，不管男女想花在何處上，就是一種浪費，不應該。

沒關係，就容我最後說一句就好：

她花她的錢

到底干你屁事？

受過排擠，該如何走出陰影？

在我生命中，有很長一段時間，我其實認為自己早不受那段曾經的影響了。我已經走出來經變好，從那陰暗、焦灼而又發著霉的過去蛻變而出。

畢竟高中畢業後，我在大學開始交到了許多朋友，還選上了系會副會長。

「反正都黑箱啊。」

簡單幾句毫無根據的批評，便把我直接從雲端拉回了原形。倒不是為已經努力做了多少，卻還被無理謾罵難過，而是我忽然驚覺，我過得並不快樂。

朋友多了，我還是不快樂。

敘事進度軸先拉回高中——

有一天，我就突然發現自己被孤立了。周圍所有同學看我的眼光都似是帶著異樣色彩，隱約多了許多過去未有的竊竊私語。就連和以前還算要好，我認為是朋友的人，都模模糊糊地莫名有了層穿不透的隔閡。

「能告訴我發生什麼事了嗎？」下課時間，我鼓起了所有勇氣，直接向同學開口問道。

可得到的答案卻盡是沒有啊，妳想多了，諸如此類閃躲的回應。

「拜託，我只是想知道，我做錯了什麼？」盡了全力抑制住情緒，我低聲用幾近哀求的聲音又問了一次。

她見狀抿了抿唇，感覺掙扎了幾秒鐘就要開口，卻在看到圍觀他人投射過來後的眼神後，退縮了。安靜低下頭來逕自收拾東西，就要去外堂課。

「對不起，能不能告訴我，我到底做錯什麼？」我卻再也忍不住情緒，怔怔看著她，在所有人面前，任憑眼淚落了下來。

「我願意改，我真的願意改！」

「可是連做錯了什麼都不知道，我不知道要怎麼改。」越講越激動，聲音也從本來的平靜轉成了抽咽，隨著頭腦一熱，我已經能感覺到淚水，在以從沒有過的速度溢出，而後滾燙地從臉頰上滑落。

但她頭仍是低的，避開了我的眼神。

「拜託。」

「我拜託你，拜託……」

當時的這一幕畫面，我在許多幽邃而又荏染的夜晚，於腦海中反覆地重播過無數次。現在重新看來，她可能是有想理的。僅是基於自保，放棄了吧？

那天的後來，全班都走了，獨留我一人在自己的位置上。從在位置上咧嘴掉淚，到趴到桌上止不住地嚎啕，最後慢慢歸於無聲，成了安靜地啜泣。

再後來，就不哭了。我不再允許自己哭了。

那陣子，我在班上成了徹頭徹尾的透明人，除少少幾個比較善良的同學，沒有誰會來跟我多說幾句話。我不斷試圖告訴自己沒關係，沒關係的，會好的，都會好的。可是每當聽到她們背後議論，就當我不存在那樣，直接拿我的外表當成笑話竊竊私語，然後大笑，心都會瞬間揪緊，用指甲拼命掐自己，才能裝做無所謂地撐過去。

這段孤立維持了幾個月，後來隨著發動孤立者，自己被揭穿而終結。

但我再也無法將他們當作朋友。我告訴自己，我要變好，我要到另個更好的世界去。

於是大學，我真成了在那段曾被孤立，最絕望日子裡，咬著牙獨自苦撐那個女孩，最盼望未來想要成為的人。

可仍舊，我過得不快樂。

大抵，人所有的怪異，都源自於自卑。

會去大量交朋友、選幹部、積極付出，其實都並不是我自己想要。真正原因在於，我太害怕重演了。宛如鐘擺那般，我從一個極端，擺盪到了另個極端。

之所以寫出這段，我是想告訴那些有共鳴，也曾有相似經歷的人。

「其實，你並不見得做錯了什麼。」什麼可憐之人必有可恨之處、肯定是你哪有問題，不然為什麼排擠你，而不是別人等等的說法。在我看來，就像是跟對性侵受害者說，「被性侵肯定是你衣服穿太少」、「就是你太蠢太笨太沒戒心，否則為什誰不性侵就性侵你？」一樣荒誕。

排擠會發生，可能原因太多了。也許你自身真有問題，也可能完全不是你的錯，每個人的狀況都是不同的。

我曾遇過個同學，她會在寢室追劇時哈哈大笑，激動起來還會忍不住拍大腿。

「欸，妳們不覺得○○很誇張嗎？」

「真的…當她自己考完別人都不用考了喔？」

「唉，是還要忍她多久？」

群組訊息框裡，很快就滿是對她的批評。

『哈囉，對不起，因為還有人要念書，能麻煩妳小聲一點點嗎？』見狀，我悄悄傳訊給她說。

「啊，好，對不起、對不起。」她立刻就改了。

她有沒有錯？有。

但在我看來，動輒輕易發動孤立，與實際根本不確定真相，隨波逐流的那群人，錯更多。

大學這段經歷讓我明白，真正該做的，並不是因此拚了命地，去成為一個自己實際不是的人，猶如拿著平衡木，小心翼翼地走在鋼索上，試圖討所有人的喜歡。

因為縱使有天你真做到了，也不會快樂。

以我經驗來說，這種討好或許短時間能有效，可以迅速幫你收穫大量人緣。可是你能顧到一個人、兩個人，十個人、二十個人、一百個人呢？顧得完嗎？誤會、討厭、批評你需要理由嗎？

喜歡你的時候，你說什麼都香的；討厭你的時候——你長太好看、人太熱心、成績太好、聲音太高，連你男女朋友什麼都可以是問題。

所以，該怎麼辦？

首先，請冷靜下來，好好分析自己遭到孤立的可能原因。如果發現當中有自己錯，那無懸念，誠懇去向傷害對象道歉。

就我的經驗，即便你真有錯，當你已放下身段誠摯道歉並提出彌補方案，對方卻還緊抓不放，壓力往往反而會轉移到對方身上，至少不再是你的錯。

而如若問題出在對方身上，也請先將情緒放一邊，認真思考下，挽回值得嗎？是不是這次解決了也還會有下次？抑或是否和好，日後便當點頭之交也會比對立好？值得再去，不值得就放生了。

接著，把重心外移。學生最常犯的錯誤，就是把身旁的班級、社團、寢室輕易當成全世界。

真正的這世界其實可大了好嗎？

當你在固有圈子之外也交到感情要好的人，哪怕真遭受孤立你都並不會那麼慌。因為你有底氣，明白無論如何，都有最重要的幾個人在乎你，你做為人會需要被愛、被在乎、被關心的基本社交需求能被充份滿足，那又還怕什麼呢？

我知道有太多人都是在放棄些不必要關係後，發現自己過更好了。在這世上，還真有些人，失去的本身反而是你的一種得到。

最後說說，我跟寢室遭排擠的女孩後續……

在後來相處中，我們成了最要好的朋友。離校那年，我夢寐以求拿到了，來自哥廷根的錄取通知書，我第一時間就跟她分享。

「哇哇哇。」

絲毫沒有誇飾，她是猛然從椅子上跳起來，抱住我大叫，叫一叫，竟然摀著嘴，哭了出來。

『妳幹嘛啊，太誇張囉。』我刻意調侃道。

「我就說妳可以做到的嘛！我就說妳可以的……」

看她一把鼻涕一把眼淚哽咽的，害我都忍不住眼眶也跟著紅了起來。

嘿！我說親愛的湘淇小姐，請永遠別忘記，遇見妳，也是我青春裡最幸運的事。

你永遠不會知道，
只是簡單地對一個落單者釋出善意，
竟能替你換來一個多棒的朋友。

我和先生的和平離婚

上週，我和我的前夫和平離婚。

他是位好先生。溫和、體貼，笨了一點，但個性是真的好，對我也很好。偶爾生氣想吵架，都跟他吵不起來，討人厭的好。

然而，我們還是離婚了。結束兩年婚姻，恰巧滿五年又多十一天的感情。

「他……是欠錢了嗎？」

說來有趣，連我家人聽到消息後，第一反應都是：「蛤？你們是不是要假離婚脫產啊？」但沒有，他沒有欠錢，沒有不良嗜好，沒有家暴，沒有打我，我還有點氣他都不和我吵架。

這點嚴格說也不完全是他的錯。因為我這個人有個毛病，情緒一激動很容易便會哭，即便我其實沒有真的很難過啊，只是眼淚會猛地冒上來而已。控制不住，結果每次都是我眼淚才剛打轉他就投降了。

媽的，這是怎麼吵？

我也是很想好好正大光明拿講道理決鬥的好嗎？讓？誰讓誰啊？誰要你讓了？

「嗯嗯，好喔，妳說的對。」

「非常有道理，是我錯了。」

「我錯就是錯在○○跟XX，如同妳說的，對不起。」

他這個討人厭的高材生，還可以快速重點說出我說他哪錯。

因此，「那你說你錯哪了？」這攻擊也對他基本無效。

每次都像奮力出拳，卻都打在軟軟的棉花上那樣，害我總要氣到在床上翻來覆去地睡不著。我明明就能正面講贏的，完全站在道理高位呀，幹嘛不跟我吵啦？最後也只能用力一腳把被子踢掉出氣。

就連到戶政事務所辦完離婚手續，分手前我們一起去吃最後一頓飯，他都沒有半點要對我生氣，要跟我吵的意思。回想起來，我真的才是那個難相處的吧……。

「妳坐著。」

『？』

「餐具我拿。」

『？』

「就讓我再拿一次吧。」

坐在那發愣看著他的時候，我忽然想起在那遙遠的過去，我為這件事稱讚過他。我覺得，會注意到這種枝微細節，願意做這些的男生好帥。

嗯，果然是像我這樣的女生太難搞，老是愛嫌，我講過的你怎麼都不記得，很不用心，要講幾次？卻甚少想到，其實也有很多他是記得了，只是習以為常，已經被我當理所當然就該這樣了。

被寵壞的可怕，如同自幼便有個富爸爸，從未自己出去工作過，自然也無從體會賺錢的艱辛，還以為一切理所當然。當陷於其中時，妳連妳自己已經被寵壞了都不會有絲毫自覺。

我們最後的這頓飯，吃得很愉快。感覺有如回到了最初剛認識之時，無拘無束地那種自在。我們輪流都吐槽了對方很多，回憶了很多，告解了很多。

他抱怨了我的水晶指甲、碎花洋裝、高腰褲、靴子，「不就是雨靴？完全不能理解。

到底為什麼會覺得指甲留到跟巫婆一樣長很美?」

我也笑了他約會的打扮,還有無數很拙的蠢事。

『沒有人牽手之前還要問我能不能牽手的啦!』

『你可不可以不要這麼容易把我們兩人間的私事說出去啊?』

當然,也有彼此欣賞,覺得體貼的地方。

「過二十六歲生日那次,妳特地跑來布置一天,我有感動到。」

『我也覺得在大阪迷路那次,你拉著我找方向蠻帥的。』

我們還將聊天紀錄打開來,快速回顧那些曾經,好像只要兩人在一起,便永遠都是粉色,熠熠生輝的日子。

究竟那時候我有沒有真生氣,真不開心?又到底他都在想些什麼?哪些禮物我收了是真感到開心,哪些超無言?又什麼事情也曾讓他感動或不悅?

直到吃完飯,我們還在路邊椅子上,開手機相簿的照片,一張張回顧,一張張閒聊,把所有過去想問,不敢問的問題,全部想到就問個明白,也算是個謎底揭曉大會,其實挺有趣的。

能把離婚離成這樣，我們大概真是一對奇葩？常聽人說，感情會結束，無非就是沒愛了、不適合，或對方做了什麼糟糕的事情。但事實是未然，兩人分開有成千上萬的原因，一如當初的在一起。

以我們來說，我們真正問題大概出在，把一切都看太簡單，順其自然在一起，然後平平淡淡相處。工作穩了，經濟到位了，兩人便結婚，從來沒有認真想過，對方究竟想要什麼？

說穿了，愛情沒這麼偉大，人會付出就是隱藏著想要得到的動機，沒有任何人例外，僅有承認與否，或自己是否認知到的差異。連親生父母都無法只是單方面付出啊。

而他想要的，是一個節省、喜歡平凡，好好跟他走的女生。並不是我這樣超級有主見，覺得活在當下重要，不計後果的。我不會去花你的錢，但我自己努力賺的一部分，就會想拿來吃好吃的，出國走走，這是我每天活著的動力。

同樣，他也不明白，我沒有要他什麼都來配合我，什麼都扛著。我想要的是夥伴，並肩一起走，你難過時，我能摸摸你的頭，抱一抱你，聽你訴說煩惱。我傷心時，你也會在，這樣就好。

於是，變成他只是在配合我，做所有我想要的，並期待有一天，我也能變成他想要的。

結果時間一長，我們兩個都不快樂了。

我愛他很深，但他卻感受不到我的愛。

因為本質上，想要的不同，表達愛的方式也不同。

這算不適合嗎？我認為也不完全是。真要說起來，試問哪對情侶沒觀念差異？男女原本在本質上就有區別，我們的差異應該在合理範圍，沒到不能容忍的程度。

問題是我們都過度天真地，一味只知道付出，沒及早有足夠溝通，最後才會在那細碎而深刻的日子中，讓一點一滴的繁雜的小事，讓刺心的、違心的、傷心的言語，漸漸耗盡了彼此。

愛情沙堡遂終是轟然崩塌，在一波一波名為生活的海浪拍打下，化為無形。

就好似，從來不曾存在過那樣。

『最後要抱一下嗎？』在列車進站燈閃起時，我猶豫了片刻，轉身問。

「嗯…不要了。」

『唉呦，確定？我怕你以後抱不到我這麼可愛的了。』

「可能喔。」他笑顏逐開。

「但還是不要，我怕心軟後悔。」

『很好，你把想法說出來了，有進步。』
『好啦，走囉！以後照顧好自己。』
「嗯。」
隨著高頻警示音響起，我還是風淡雲輕、淺淺地抱了他一下，這才飛快進去。然後，看著在車窗外，佇立原地，緩緩向後遠去的他，終究還是哭了……有如泉水，從眼眶，一行又一行地滑進白色的口罩內。
最後能這樣結束，真好。
愛過你，真好。
真好。

其實，女生需要的一切，男生也都要
他只是不會說。

那一天，我為了條肉桂捲而哭

「妳這樣穿，真的很像站街的妓女。妳有必要嗎？我是把妳生很醜嗎？」

「難道要等發生被怎麼樣的憾事再來後悔？妳一定要穿這樣出門，出去就不要回來。」

說這些話的是我媽媽，而我身上穿的，僅是件走在路上都不會被多看一眼的斜肩。我站在玄關，怔怔看著她並不停歇的威脅，用力咬緊了唇，轉身，推門出去。

那晚我真的就沒再回去，只是也沒去聚會，哭太慘不想被看到，逕直便去了朋友家躲一躲。手機裡有Ｎ封訊息與未接，爸爸希望我向媽媽道個歉算了，不過就是件衣服，何必？

『換件衣服不就好了嘛，這什麼嚴重的事嗎？妳媽不也是關心妳？』

弟弟則是在得知後，專程從新竹回來和我說了很久的話。

『早就該走了。』他說。

『不懂妳怎麼忍到現在的。』

我和弟弟是完全相反的兩個人。從小，我一直在扮演所謂乖女兒、好學生的角色；他也算是好學生，卻不是典型那種，翹課、愛玩，大部分時間都花在社團與交際。

總是直到國三、高三的最後才開始認真抱佛腳，然後還是能上前幾志願，對於家裡的過度掌控，他毫不猶豫地就能正面反抗。但我不敢，我總是那個在中間努力協調的角色，為了不起衝突，我可以一再不停地後退妥協。

『我花錢讓妳補習，不是讓妳去談戀愛的！』遇到互有好感的男生，因為家裡反對學生戀愛，我放棄。

『跳舞對未來什麼用？浪費時間還大晚上的去練幹嘛？』在社團找到愛好，因為家裡覺得跳舞沒用，我放棄。

『不要等到妳老了，還要來靠我跟妳爸養！』考到有喜歡的科系，因為家裡認為不賺錢，我也放棄。

如果不服從，媽媽就會派爸爸來，他會在房間門口數到三，如果不開門，緊接著的就是踹門。我知道他會的。因為我無數次看過，他將弟弟的房門踹開，兩個人扭打到一塊。他對我也不會手軟，頂多先是小力敲，而後慢慢越敲越急促，最終大力踹。只是那個由緩到急的聲音太恐怖，我從沒敢撐到最後過。
最大反抗，也僅是撐到門外倒數「三」的話音剛落時，才轉開門鎖。
『我放棄了。』一次過年我勸弟弟回家時，他點燃了一根菸，深深吸了一口，邊吐著霧，邊說。
『妳不覺得在那個家，妳就不是個人了嗎？沒有隱私、沒有權利、沒有地位，就只是個物品。』
『妳的東西，說送就能送，問都不需要問。妳的決定，都說給妳自己下，但一不合意就翻臉給妳看。妳跟我說這叫愛？別自欺欺人了吧！就是情緒勒索。』
『妳看爸活得快樂嗎？每天工作已經夠累了，回家還要時不時面對低氣壓，鬼才會快樂。他也是消極逃避到工作裡，不敢反抗而已。不是每個家都這樣的。』他跟我說。
他去見了女友的父母，才知道真正有愛的正常家庭是什麼樣。
『知道嗎？我以前學抽菸，是故意的。』他將菸捻熄，淺笑了下說。
『就跟拼命讀書，想把試考好一樣，我想讓他們注意到我。但我才發現，真正愛妳的父母，不是他們這樣的。』
『妳不需要很努力去做到什麼、證明什麼，才會愛妳、注意妳。妳是女兒、是兒子，就夠了。他們只要妳快樂就夠了。』

那天聽完這段話，我哭得好慘，反倒變成他拍著我的背，跟我說沒關係。

『至少妳還有我啊！』他聳聳肩。

『拜託，我這麼好，還是個會照顧姊姊的弟弟，去哪找啊？』

最後的稻草，是我回家拿東西。

「早知如此，何必當初。」媽媽露出副勝利的表情。

「最後還不都是要回來的，從小到大多少次了。只是要妳換件衣服，過分嗎？」接著一如弟弟預料的，開始無止盡道德綁架、愧疚攻勢。

我嘆了口氣，選擇沉默。回到房間僅簡單拿了些最重要的東西，便又旋即踏出家門。這一次就真的再沒有回去了。踏在從小巷走往大街的路上，彷彿霍然間卸下了原本硬是揹在身上沉重的包袱，我從沒感受過如此的自在，越走越快，腳步越邁越大，肩上的重量也隨之越來越輕。

我覺得自己終於活著了。終於，可以好好只為自己而活著了。

一個人搬出來後，生活沒有因此變簡單。事實上，多了房租的壓力，日子還難了一點。

長大以後，都是這樣吧？

之所以情緒潰堤是，不再和兒時一樣，為冰淇淋化了、為不小心跌倒、為意外將頭卡進欄杆，拔不出來。又或為和朋友吵架、為成績不滿意，為無疾而終的戀情，為那些還能說出口，具體的事情。

長大後的崩潰，更多的，是自己也說不清楚，就是……太多了。

工作、經痛、壓力、疲憊、失眠、塞車、頭疼，疫情等影響。加薪無望的通知、永遠背後捅刀的兩面人同事，周末想補眠隔壁卻在施工、機車後照鏡又被人撞壞了。

還有，沒買到的肉桂捲……

很白癡，但那是支撐我上完整天的班的動力。我一直心心念念地想著，下班後就能吃到了。於是拼了命地提早忙完，幾乎是一路狂奔著去買，然後在得知剛賣完，嘴上跟店員說出我知道了，沒關係的同時，眼淚就在那刻忽然潰堤。

我很努力地試圖掐著自己想控制住，但眼淚就是不爭氣地不停撲簌而下。

店員一臉慌張地感覺被我嚇死了，一直道歉。

「那個……小姐，我們剛好有多點，就給妳好嗎？就我們也吃不下這麼多。」旁邊一對好心的情侶見狀，主動把他們買到的最後一塊分給我吃，女生事後甚至無比溫柔地寫了張鼓勵的紙條遞給我。

只是我始終說不出口的是，真正哭的不是為了這條肉桂捲，而是我已經二十六歲了，為什麼生活還要過得這麼累？為什麼還是覺得苦難始終看不到終點？

為什麼連這麼小的一件事，都能輕易擊潰我？我生平沒有做什麼壞事啊！

為什麼？

我支持婚姻平權，願意花時間了解社會議題，我會主動撿拾垃圾，會在有空時跑去一起淨灘。

雖然我很普通，長相普通、能力普通、工作普通、才華普通。

害怕衝突、沒有主見、喜歡妥協、不懂拒絕。

朋友不多、沒有男友，每段感情都沒有結果。還喜歡將事情自己藏著不說，自己都不是很懂自己。

可是我很努力活著
努力温柔，努力善良
真的，很努力了

聊天聊久，就能將心聊走嗎？

「吹乾了！」

我說了謊，因為知道他明天一早就得起床，我不想再多浪費任何一分一秒能和他聊天的時間。匆匆用毛巾隨便擦拭一下頭髮，便以都還略顯濕漉的手試著打字，艱難地趕緊回覆說我好了。

『哇，以女生來說，妳真的洗超快欸。』

我始終沒有勇氣告訴他，在遇見他之前，我每天洗澡都是至少三十分鐘起跳，到我老哥都會不耐地敲門催促的。

只是，早已經忘了從何而起，為擔心會沒看到來自他的訊息，挑戰自己快速洗完，竟真就成了種習慣，到了後來連想改都改不回去。

『那我先繼續去忙囉。』

『謝謝妳耶，一直都在。』

「謝什麼謝啦，這什麼好謝的，忙完早點休息知道沒？」

「啊，還有，睡前要記得要跟我說晚安。」

『好啊，但要交換，妳明天早上起床也要跟我說早安。』

「行，成交。」

我樂壞了，嘴角早已在悄然間止不住地上揚。如果將這幅畫面截圖下來給外人看，一個女生窩在漆黑棉被裡，對著發亮的手機螢幕像個呆子般直傻笑，應該會被當成神經病吧？

但我還是騙了他，想到他要我說早安，他要我的早安欸欸，最好是睡得著啦！

我偷偷摸摸地又打開他的帳號，從最新的第一篇起，一篇篇地往後翻。總是覺得如果每個字都讀過，想像著他打敲打出這些字時的心情，就又能離他近了那麼一些些。

當中最恐怖的，莫過於有時會不小心點到了讚，只能像心虛如賊那般慌亂地趕緊收回，直至確定應該一切沒事後，都還能感覺到自己胸口心臟的狂跳躺在床上。我翻來覆去地幻想，幻想和他約會的場景、幻想他會如何對我告白，甚至一路幻想到了婚禮場景。直至意識模糊地恍惚間，才逐漸入睡。

清晨陽光剛撒下，顧不得現在幾點，剛睜眼我便抓起了手機，想對他說那句說好的早安。然後愣了一會，想起這又是夢了。

他早就離開好久。

我輕輕笑了下自己，把手機丟到床的一旁，又向後躺回去，望著天花板發呆。

我不是早就走出來了嗎？都多久了，他都有對象了。此刻的我同樣很好啊，一個人無牽無掛的。但也說不上為什麼，還是閉上眼，任憑心酸了一下。

有個人能牽掛，其實，好好啊……。

我一直覺得，我並不是個很容易產生依賴的人。我不喜歡欠情，不喜歡被請，更不喜歡把希望寄託給別人。我寧可親力親為，有那種自己能掌握全局的踏實感。

可偏偏就是聊天，始終搞不懂為什麼，常常在過程中便聊走了心。彷彿慢性上癮的咖啡中毒，等有天驟然回過神來，就已經發現自己沒有對方不行。他的作息、他的習慣，不知不覺間就滲透了近我的生活，成為了我的一部分。

我知道他幾點回家，幾點睡覺，幾點的時候通常在做什麼。我知道他支持的球隊今天贏球了，知道他發文照片裡出現的每一個人，就連星座，這種似是而非的文字，若看到了我和他的恰巧配對，都還是忍不住地會很開心。

然而，接下來的劇情，卻又好像他們都約好似的，直至有一天，冷不防地便戛然而止。就是完全無預警的，不找了。

即便自己去嘗試主動，得到的卻明顯是冰冷、退卻後的回應。誰都沒有言明，可誰也都知道，不一樣了。那些曾在深夜撐著眼皮訴說，曾掏心掏肺毫無保留分享的故事，也成了僅有你我能知道的祕密。

很奇怪的感覺，說真的。看著迎面走來，牽著另個女孩的他。妳明明好熟悉啊，妳明明知道關於他幾乎一切的細節。可最後的默契卻只剩兩人都各自撇開的視線。而後，在人海中擦肩而過，猶如船過無痕的靜謐湖面，再無人知曉。

「好吧……那妳忙完記得早點休息。」

隨叮咚聲後，亮起的這行字，讓我驀地就掉入了回憶漩渦。我竟完全能懂現正在螢幕那頭，傳訊給我這行字男生的心情。那種失落、無奈，又還是偷存著尚有轉圜契機的一絲絲盼望。卻也才懂了，對於一個沒有感覺的人說這些，是多麼的脆弱無力。

長大後回頭看這問題，就覺可笑了，哪裡是每天聊就能把心聊走？而是沒有喜歡的人，沒兩句就句點了，是要怎麼每天聊？

拜託，現代人能做的事情這麼多，又不是追劇不好看、手機不好玩，誰會浪費時間天天跟個沒好感的人聊天？

沒好感大多是聽到訊息叮咚聲，從預覽看到是對方，哎呀算了他不會有什麼要緊事，便直接按掉，確定不會顯示已讀就好。頂多等晚上很閒的時候，才會順手回句：抱歉，剛才看到。偶爾還會忘記回，一放好幾天，看到驚覺時，也不好意思再回了，乾脆裝死吧。

所以，為什麼一個本來天天聊的人，會說消失就忽然消失？

扣除掉不可抗力因素，我認為最可能的答案就是因為對方沒那麼喜歡你。談感情一定要建立起個認知，好感≠喜歡≠愛。所謂好感，主要建基於吸引力上，以外表、個性、能力等客觀條件影響力最大。但你永遠，不會單因為這些，就讓對方真正喜歡並愛上你。以大學入學考比喻，好感僅是入學門檻而已，它很重要，未達門檻連嘗試機會都沒有，也會有關鍵加分作用。但你並不會單因考得高，就理所當然保證錄取。純粹天天聊、會噓寒問暖、會稍微對你好一點就當成了喜歡，最後發現忽然消失了而難過乃至憤怒。

抱歉，容我殘忍一點說，這連失戀都稱不上，僅能說是不成熟的幼稚。現實總會以一個接著一個的耳光，把你打到醒為止。也不要說殘酷、現實，換位思考下，你有求於人的時候，會不會也去對他好？就是為了申請大學，多少人不也可以掰出一堆這輩子沒做過、也不打算實現的目標，極盡諂媚、胡扯之能事？

那有看過哪個老師因此哭了嗎？歷年來看這麼多學生，不早就都知道了？第一、第二次就算了，如果都到第三次以上，還沒醒悟，真的又能怪誰呢？

這些年，身旁形形色色的人來來去去，也沒少聽過朋友的傾訴，開始漸漸發現，會聊到消失，也不見得是壞。

確實有些人是故意的，他只是廣於撒網，再找想要的重點培養，既不成全你，卻也不想放過你，你終究不過是他在找馬時的那頭驢。但也有不少人，他並無意，或者是他也不知道他要的是什麼。

從這過程之中，我還學到一個非常重要的功課——永遠別單從細節判斷一個人。

舉個例子，我曾遇過一男生，會主動撿垃圾桶旁散落的垃圾、會特別按住電梯門，等待還在遠處的人靠近，還會在大家吃飯時，主動就去替所有人裝飲料、拿餐具。

因著小細節，我對他印象特別好。但實際上，這害慘了我，他對待感情渣得可以，和我曖昧同時，又對前任藕斷絲連、念念不忘，甚至同時曖昧對象有好幾個。我捫心自問過，若不是因為開頭的那些細節，我早就跟他斷乾淨，不會被瞞在鼓裡這麼久，也不會在後來發現真相後有如此難過。

但說白了，那些細節都不過是我對他想像的投射，是我想要他去成為一個，我自己以為擁有這些細節的人，該會有的樣子。這就像光看眼睛，想像一個戴著口罩人長的模樣，往往都會加上大腦自動美化的濾鏡，以至於最終喜歡上的人，根本並不真正是實際上的對方。

又好比，很多人認為會願意為你花錢的，才是真愛你的人。可知道嗎？我看過有在交往時超級省，約會一定 AA 制，到出社會了生日禮物也只送幾百塊內，就連婚禮都在想要省的男生。在女生爸爸重病時，毫不猶豫就把自己所有積蓄拿出來。

「錢可以再賺，爸爸只有一個。」他對她說。

他難道不是好男生？？

不會碎念道理，吵架永遠先哄、先讓你才愛你？可知道嗎？我同樣看過有超級愛辯論，兩人什麼都可以吵，從社會政治議題，到晚餐吃什麼、假日要去哪，全要爭得面紅耳赤，半點不讓的男生。

在女友當護理師常要值大夜、小夜，上下班和睡眠時間都極不固定的狀態下，他風雨無阻的去醫院接送，去陪著女友調生活作息。

連續五年沒斷過，兩人從醫院步出的身影總是邊牽著手，邊你一言我一語的東吵西吵，一路吵到了結婚，而男生唯一完全不跟女生吵的，是婚禮。

「這天妳是主角，其他人想什麼我不管，一切都按照妳說的去做。」他在爸媽面前極力為女生婚禮想要的辯護，她要的，就一點都不能少，

他難道就不是好男生嗎？

你永遠無法以任何單一因素，就判斷一個人的好壞，包括是否愛你。

講了這麼多，那所以怎麼辦？我悟出答案為：「請你以自己為準。」

以我看來，光是問這問題，重點就已經放錯了。關鍵並不在透過什麼方法，去確定對方有多愛你，而是非常簡單地，只須捫心自問一個問題：你跟對方在一起時，快樂嗎？

首先，你要明白，當想要去測試對方喜歡、想知道對方在想什麼，會不斷害怕自己付出會落空時，你就已經沒有自己了。這正是很多感情會崩潰的主因，不只是對方變了，你也變了。

你開始患得患失、開始無理取鬧、開始想要博得他關注、開始缺乏安全感等等等。

是，沒有錯，這是代表你認真了。但你之於對方也很容易開始迅速失去吸引力。你們

又還沒進入關係，對方還沒愛你，對你是要負什麼責任？

特別對條件越好、越有選擇權的人而言更是如此，他不必要呀！到底幹嘛一開始就讓自己在感情中是屈居的那個？

相信我，一個條件夠優異的人，會剛好愛上一個沒什麼條件，就是好做自己、好真實對象的這事情，99% 只會出現在虛構戲劇裡，編出來為滿足幻想存在的。

實話更是，在情場有點手段的，也都知道該如何滿足對方幻想，因著許多人傻傻的對細節的過度迷戀，扮演出你想要的樣子，從而讓你深陷。

過度執著於特定想法，陷在錯誤感情模式中導致的結果，往往就是持續在一段又一段的短暫感情中。剛離開一個，又陷入下個，好像永遠都在找真愛，卻總是才開始認真就得面對結束……直到在這樣的反覆中被傷到怕為止。

更糟一點的，就自我放棄了。覺得自己不好，自己有缺陷，真實的自己是不值得被愛的。在遇到下一個喜歡人的第一瞬間，是自卑。

我聽過最慘的個案，有個平胸女孩，即便找到喜歡的人，交往幾年了都還不敢在男友身旁躺平。甚至還有部分人會產生類似「性單戀」的情況，開始迴避親密關係，在對方靠近自己時，會控制不住地想要後退，想要逃。

因此我認為，在喜歡一個人時，你真正該做的，就是回歸到自己身上，化繁為簡，一式打天下。

去享受喜歡這件事啊！

喜歡原本就該是很美好的事，單純的喜歡是不會讓人失去自我的，唯有內心有洞，要靠別人來填補，才會使你深陷錯誤感情裡。

當你擺出的是一種：「我也喜歡你，但我喜歡是珍貴的。」並不是非你不可，你要就請你來爭取，不亢不卑的態度時。不只是對方能對你造成的傷害有限，更因你理智仍在，你自己也不會容任一個不愛你的人走進心裏。

任何感情都一樣，跟對的人在一起，會是想要為了與對方進步，而去變得更好。你客觀地明白自己有缺點，但知道那個他願意接納，知道你們兩個人都在為彼此持續變好，而非總是害怕自己還有哪裡很糟糕。

這樣的想法，使我成長很多，不再糾結於不重要的人，也終於脫離了從前無限錯誤循環的泥沼。

只是，在我還喜歡那男生，還是那個活在粉色泡泡中，過度天真爛漫，青澀而懵懂的女孩時，為了給他個驚喜，我曾偷跑過去看他的球賽。

比賽很激烈，籃球的軌跡在空中快速交織著，場上球員狂奔，而和地板摩擦出的腳步聲，即便遠在觀眾席也清晰可聞。

驟然間，在比分尚且正落後時，球傳到了他手上。

也就在那剎那，我忽然感到一股熱流般的衝動直竄腦門，於是就在觀眾席中站起來，對著他拼命大喊。

「〇〇我相信你，加油！」雙手放嘴旁，我奮力喊到了聲音沙啞。

很蠢，很丟臉，我知道。周遭的人都被我嚇到了！可那卻是我做過最勇敢的事情，已是我在那什麼都不敢的青春裡，唯一一次的奮不顧身。

不知道為何，這晚上，有那麼一點想念那個自己。

一點點想……。

願你在故事的最後，
能找到那真正能與你相知相惜的存在，
而非僅是為逃避孤單，
湊和著找個能過日子的伴。

為什麼你會不快樂？

直白說，非常可能是因為你覺得現在的你活得沒有意義。

請先別不開心，我相信絕大多人在忽然被如此評價時，都有辦法講出一套說法。怎麼會呢？我現在讀書是為了未來；我讀的科系，是可以幫助人的，對社會很重要；我現在的工作也還行吧，薪水不算差。

現代社會，無論自願與否，我們都活在一套既定系統中，並由各式評定標準促使身處其中的我們為其效力。以考試成績、學校排名將人分等。當夠多人都為此付出過，就很容易一起成為維護該系統的一分子。哪怕離學生時代久遠，還是會比較某某人是某校畢業、讀醫學院的，當初考了多少分，所以如何如何。

又如，以財富為單位，劃分不同人的等級。包括比較居住地、職稱、公司、身上穿的衣服、揹的包包、所開的汽車等等，都可說是副產物。

於是，為了在這些系統中獲得評定的高分，我們從小就被馴化，竭盡所能地往上爬。當中許多人，甚至即便年復一年地重考，工作忙到過勞死，以犧牲自由、生命為代價都在所不惜。

這些付出，一方面更加鞏固了系統，人是社會性動物，當身旁所有人都相信一套價值時，任何人都將難以跳脫。另方面，勢必任何系統都會讓有人要付出更多犧牲。

好比，當將國英數當成最重要的主科，實際就是貶低了在其他科表現更優異的學生。現實中不存在一套完美系統，能做的每個決定，都同時能讓身處其中的所有人得利。

簡言之，系統本身內建了價值預設，也就是設定了當你有什麼樣條件、資源時（有錢、讀好學校、長得好看……），你就是比較優或劣等的。

然而，價值是浮動的，不會所有人都甘心服從，於是就產生了對抗。

像是民主、自由等，今天似是理所當然的，也曾是一種對於舊世界的反抗，僅是從原先的少數，翻轉成了主流。又如今日不婚、不生、少子化的趨勢，也能理解為是對於過去家庭概念的反抗。

我們這一代年輕人，正是活在兩個時代互相撞擊的夾縫之中。出生時，我們成長的社會是相較過去，前所未有富裕的年代。然而，當我們逐漸開始要考試競爭、走出社會時卻驚覺，面對的也是一個競爭前所未有激烈的時代。階級正在飛速固化，貧富差距一年比一年拉大，能往上升的機會不這麼多了，競爭還在持續白熱化。

形象化比喻，一個理想社會該是透過所有人努力，使得一塊蛋糕變大，所有人分；而現在的實情，更像是雖然蛋糕仍在變大，但由既得利益少數的人，直接分走了絕大部分，僅留一點給其餘所有人爭搶。可想見的，結果無非是過去的老路越來越難走得通了。

在我們父母輩，光能大學畢業，就算不是人生勝利組，也無愁生計。各行各業在快速擴展之下，公司很願意不停地給加薪，肯努力，社會遍地是機會。而如今，縱然不能說階級流動的窗口已經完全封閉，但正迅速變小也是事實，要複製與過去相同以努力讀書、工作拼命來改變階級，是越來越困難的，也註定地越來越少人能做到。

於是產生了所謂「內捲化」——都擁有類似背景，同質性高的一群人，為了爭搶越來越稀有的機會，只能以付出更多、犧牲更大來換。好比，無意義地反覆鑽研、背誦考試的枝微末節，好能爭取和其他考生拉開些微的差距。好比，出了社會四處是毫無意義加班，事都做完了，只因為沒人走，你跟著不好意思早走。

當你有的條件，其他人也有，既是隨時能被替換，哪來談判的能力？勞動所得成長緩慢，同時物價、房價、各類資產卻在飛漲。以前成家最基本，安身立命的房子，都成動輒數十年不吃不喝也無法負擔的炒作品。身處這樣的系統，如何看得到希望？如何快樂得起來？

個體越努力，在系統中所能獲得的投資報酬率就越低，然後望著少少幾個成功個案安慰自己還有希望，繼續咬牙拼命。問題是，人本能就是厭煩這些的。機械式重複、沒有創造性、缺乏成就感，只要還是人類，就不會真正喜歡這種事。

誰喜歡從早到晚坐在教室裡，像是被強迫綁在椅子上的犯人一般，重複看著黑板字跡填滿又拭去，拭去又出現，反反覆覆，時不時還要被無數寫都寫不完的卷子評價？

誰喜歡天天在公司裡做些自己都不認同的事，上司、客戶叫你做什麼就是做什麼，不管有無道理永遠是你沒道理，尊嚴、專業毫無價值。就像是一個巨型機械中微小而又可有可無的齒輪，天天被硬推著向前，從今天就看得到未來三十年後自己的樣子，剩下僅存的理想就是有一天不用上班？

每一天，都活得渾渾噩噩，直到傍晚稀里糊塗地走出建築物，望著四周都身穿類似衣服，像螻蟻、像機器人，又像潮水一般又紛紛湧入捷運站的人群——忽然，你真的不知道自己在幹嘛，人生到底價值何在。

更慘的是，你也越來越難欺騙自己，開始發現有很多過去說給他人聽，為什麼走上這條路的理由，其實，連自己都不相信。你內心就是覺得讀這些書、考這些試沒什麼意義，就是認為現在從事的工作根本前途渺茫，只是無止境虛度人生。

現代人的累，早已不僅是那種貪黑起早、披星戴月，流血、流汗，在體力上的累。而更是情緒上的，人生好像不知道追求什麼，活著也不知意義何在，只是被生活推著向前，對未來茫然的深刻無力。

不快樂，是因為你已經連自己都騙不了了。

所以那怎麼辦？

第一，請你先學會接納自己。

這個所謂接納，並不是要你繼續自我催眠——我很棒、本來的我就是最好的，一切都是其他人的錯，因此什麼都不用改變。而是先客觀認清你現在的真實狀態，你真的就是書讀不好、工作無成就感、孤單，每一天都活得很累等等等等。

要知道厭煩、不耐、沉重、厭世、不快樂，這些情緒原本就是人腦的本能，是一種下意識的自我保護機制。如果總是刻意忽略，欺騙自己沒事，是極度不利心理健康的。

唯有先接受這些，承認如果你想變得快樂，就必須付諸行動改變狀態。或是放棄某個不愛你的人、不該重視的朋友，或是放手某些還太遙遠的目標、放棄什麼都要做到最好的想法，把重心、精力收回來重新思考如何分配。

簡言之，真正的自我接納，不是雞湯式的自我催眠，而是先誠實地接納有缺陷的自己，接著，在這基礎上，才有可能實現突破。

第二，你必須放過自己。

這些年從底層不停努力向上爬的經歷，讓我明白一件事，沒有任何人是完全喜歡自己的。即便家財萬貫的老闆、德高望重的學者、眾人焦點的明星、真正美若天仙的模特，每一個人內心都有黑暗面。當維持著距離，加上選擇性地展示與包裝，進而創造出他人眼裡似是完美的人設。

隱惡揚善，這本是人的天性，即便無意，也會下意識為之。然而，我們對自己卻沒有辦法這樣做。當喪失了距離，邪惡的、忌妒的、生氣的、自私的、無理的、軟弱的，所有的念頭與想法都毫無保留地被看光。實際上，無人是完人。

在此同時，別人的光明與自己的黑暗面被同時放大，特別在社交網絡發達的現代，我們很容易陷入過度自卑的循環之中，彷彿以為自己是某種悲情主角，認為糟糕的事情格外地容易發生於己身。忽略現實上，我們所會碰到的困境，其餘大多數人也都會碰到。

更關鍵的是，坦然接納努力不必然有用的事實。在東亞，尤其華人文化中，往往過度強調努力的概念，「人定勝天」、「事在人為」、「為者常成」，這些類似的話想必誰也沒少聽過。不能否定這些概念有其存在價值，但很多時候，這也正是為特定系統的特定價值在服務。

以錢來說，其本身毫無價值，是你願意為其付出的服務、專業、勞力，這些定義了錢所具備的價值。資本主義當然是希望人都去拚搏，去為了買房、車、奢侈品，為彰顯自己來自更高階級而拼命付出更多。否則這場遊戲，當不再有足夠的下一代接手，終究會有崩潰的一天。

現在的狀況是，規則先天就對越後面參與的年輕一代不利時，我們身處系統的狀況，已和我們父母輩有本質上不同了。當所有人都想著要以更努力突破，換來的結果就是努力也貶值了。

考試會越來越難、買房的門檻會越來越高、員工加薪幅度會越來越低。當身處社會系統中，有很多事情，就是你我無法預料，也無法控制的。於是，很多人就陷入焦慮了，他還是希望像過去兒時那樣，透過對於自己行為的特定控制，如更用功、更多加班、收更低的錢做更多的事，以此來換取好結果，當換不到，隨之而來便是深刻的挫敗感。以至於當一件事需要太用力地去犧牲達成，打從開始就已經註定跑不遠。

「自律、努力」這些還是需要的，但是過度盲目地，相信付出能得到回報，終究有一天會將你我反噬。對沒辦法的事放棄，也是人生中與堅持同等重要的功課。

第三，不喜歡自己沒關係，你可以從不討厭開始。

實話是，你可能的確沒有那麼好，但往往也不會真有想像那樣差。曾聽過一則很喜歡的分享：在女生覺得自己不漂亮時，男友牽著她走到街上，要她仔細端詳一下熙來攘往的路人，有幾個是她真正覺得足夠漂亮的呢？是不是大多數的人，都有缺點、都不完美？人本來就會有毛孔，就會長痘痘、有各種體毛、不容易維持體態。當沉迷於社交平台，帶給我們的幻象，就會誤以為只有自己是最差的。

當客觀認識自己，你會看見自己缺點，同時也會有優點、有你喜歡、擅長的部分。將收回來的精力著重在這部分，先去作出成績。

以我自己為例，高一、二時，我成績是年級倒數的差，在眾多科目中，唯一亮點是社會科。於是我把社會科讀到了前幾名，而當有人也會來找我請教時，這很大程度給了我成就感，讓我覺得自己是有機會把書唸好的。既然都是以背為主，我把同樣精力拿來對付國文、英文，也獲得了極大增長，進一步加深了自信，從而此一步步，在數個月內將成績全面提升，從學測時還連公立都沒有的成績，到指考進清大。

再舉個例，念碩班又同時工作的那幾年，由於壓力大，對飲食無節制，體重一度猶如吹氣球般上升到破百，還因此有脂肪肝，各項指數嚴重超標。但當我一下極端地想徹底控制飲食，斤斤計較所有攝入熱量時，雖然初期有效，很快就又面臨瓶頸，很容易復胖，維持不久。

最終反倒是放棄，過於嚴苛的計畫，以高飽足感食物，還是讓每餐吃飽，並從事一件自己也能享受在其中的運動，甚至偶爾還是會出去聚餐，小小放縱一下。順利在一年內減掉逾三十公斤，醫院檢查數值全部恢復正常，體脂降低，肌肉量還有明顯上升。每逢再遇到老同學、朋友開口第一句都是你瘦好多，他們訝異的表情又給了我自信持續堅持。將原初的惡性循環，改為朝自己希望的方向前進。

類似經歷，在此後人生中還有許多，不外乎先從一小部分領域獲得成績，當自信有了實際的支撐，不再自卑、討厭自己了，就會有力量繼續一步步慢慢往外擴展。

如果你不知道從何開始，無妨就從生活中的小習慣下手。早晨起床時，要求自己簡單將床鋪整理一下，窗簾拉開，使陽光能曬進來。盥洗的時候，仔細而溫柔地將泡泡均勻搓滿全臉，以貝氏刷牙法確定有刷到牙齒的每一處。出門前環顧一遍家裡，確認該帶的都有帶，最好順手將垃圾帶走，不要再留屋內。在外能吃健康就選健康，不要怕多走一點路。回到家後強制要求自己立刻先洗手，再將所有物品歸位，鑰匙放該放的地方、衣物放進洗衣籃，包包、耳環、戒指、項鍊全依次收納整齊。睡前嚴格限定自己能用手機、平板的時間，超過一個點就是強制自己熄燈睡覺。

這些全都是日常再微小不過的事，但我的經驗是，當願意開始執行，就像願意開始跑步、運動，哪怕一開始會失敗、鬆懈，都還是能極大程度地提升你的自控能力。

不過我要強調，這不是說要你死板地去遵循一套規則，我認識很多人，他們想改變的方式就是去複製一套模式。去健身、看書等等，結果往往是健身房會員錢花了，也沒去幾次。健身器材買了，在家就成昂貴的衣架。書放了整櫃，實際打開來翻的也沒多少。這主因無非是這些事情，都根本不是他自己真心想要做的，無法從中得到快樂，自然也支撐不久。

我認為，真正的自律，該是在生活中漸漸找到屬於自己的生活步調，張弛有度，而又從容不迫地一項項改掉從前不喜歡的缺點，同時累積嚮往的優點，至少是朝著想要成為的那個方向前進。

光是生活有在前進的踏實感，就能讓人安定、有自信許多。害怕比之他人不足，又深刻厭惡刻苦代價而怠惰，是所有人的共同天性，接受自己有缺陷，不代表你就要向之屈服。

第四，重新將人生定位，設定為獲得快樂，不再是系統設定給你的快樂，而是你自己內心上能感到的快樂。

我認識位無比優秀的學長，人生一路都是前三志願，一畢業就去美國留學，後來被矽谷招攬，典型人生勝利組，年收我沒直接問過，但就我對行情粗淺了解，一年抵在台灣工作十年絲毫不誇張。

可再一次聯絡，他告訴我已經離職了，換了一個收入不到過去一半的工作，我訝異地說不出話來。

「我一個上司選擇自殺。」他說。

「這其實不稀有，矽谷的憂鬱症、自殺比例一直很高。但這件事給了我很大震撼。」

「到底是何必？明明不做這份工作，也能活很好呀！努力的半死，一堆錢還得繳稅、繳租金，自己剩的也沒多少，跟白癡一樣。」

離開矽谷後，開始有辦法睡到自然醒，甚至有辦法提早在社區晨跑一圈。終於有時間交女友了，並在近期展開同居，兩個人平時下班後就把時光虛擲在打掃、散步、做菜、看書、追劇，日子快樂多了。

「我記得第一天，下班時，我就坐在公園看日落發呆，感動得哭了。因為我真的好久，沒有能看到日落了。」學長還跟我說，出逃矽谷在美國已經是一種趨勢，甚至有了一個新詞彙叫做「Ｔｅｃｈ－ｘｏｄｕｓ」。對這番話我很感同身受，因為我同樣是頂住家裡層層壓力，堅決離開北市。我很愛台北，這是我的故鄉，但要我付出人生多工作二十年以上的代價來買房定居，抱歉我是真不願意。

而當越來越多人都這樣想、這樣做時，原先系統就悄悄地終將被改變。人的一生，也只有數十年光陰，沒了就是沒了，為何要活得如此委屈？如果你只能出一次國，你會去一個你不想去的國家嗎？那為何你也只有一輩子，卻要在諸多只有一次選擇的關卡，選擇那些委屈自己的答案？

我知道有壓力，人活著誰沒有壓力？可這些壓力是必要的嗎？有必要一定要讓別人看得起、有必要絕不能被討厭、有必要讓所有人都喜歡你，因而放棄自己本身對快樂的追求嗎？

我一直記得一個故事，有位韓國女生表示，她認為出門化妝是一種基本禮貌，代表的社會先進。

「我不認為欸。」另一位來自歐洲的女孩搖頭。

「化妝不化妝、打扮不打扮，就是個選擇，讓自己開心的事。如果要當成禮貌，無異於是裹著文明外衣的要脅。那才是真正的落後吧？」

放下這些不必要束縛，認清自己想要什麼，什麼之於你是真正重要的，好好為其奮鬥、為其而活，單純的快樂，從來沒有這麼困難！

快樂一直很簡單，
只是長大後的我們，經常忘了而已。

收錄

阿滴英文創業歷程分享——阿滴與滴妹

「嗨，你來啦！來來來，這邊坐。」從一場演講上因緣際會的碰面開始，我和阿滴已相識多年。可以為他和滴妹作證，不管是鏡頭面前，還私底下，他們與任何人說話、待人處事都是始終如一地親切且溫暖。會盡可能地注意到所有的細節，照顧他人感受，即使偶有犯錯，也並不介意大方承認、道歉、改進。

從我見過各種形形色色人的經驗，必須說，當已經有如此聲量，還能維持如此的謙卑、體貼，毫無架子，願意誠摯地跟你分享他所知道的一切，真不是一件容易的事。

阿滴成為 YouTuber 的契機？

「2016年初，那時候做了一年的網路公司，存了一筆錢。」談起從前，阿滴猶如陷入回憶漩渦，摸了摸下巴，若有所思地說。

最早的阿滴，是從２０１５年在網路公司任職時，以兼職方式開始經營頻道。當時的阿滴覺得自己大學英文系，碩士讀的又是多媒體教學，對於這塊領域有能力也有興趣，故而開始嘗試。

「那時候，就兩個考量。」阿滴說。

「一是在工作之後，已有了一筆存款，足以維持一陣子生計。二是發現這件事情其實也能夠賺錢。雖然那時候賺的並不是很多。工作大概四萬塊，可做這個一個月還賺不到八千塊，真的是五分之一都不到。但，至少是可以賺錢，並且是自己真心喜歡的事情，又比較自由。」

『其實當初並沒有想到能發展成什麼樣子。』一旁的滴妹補充道。

『主要就只是覺得欸！這新的東西，可以嘗試看看！』

「不過也是有設停損點的。」阿滴接續說。

「我給了自己一年的期限，如果一年都沒做起來，就回到原本工作。反正，年輕本錢就是不怕失敗。」

看似大膽，但阿滴也並非有勇無謀，而是在執行前，就縝密考慮過各樣可行的商業模式。諸如：訂閱制、線上課程、接廣告等等，最終阿滴英文也是在 YouTuber 中第一個嘗試施行訂閱制，透過提供額外內容，給有喜歡的觀眾訂閱。

「我記得那時候，應該是上線第一周，就有一個月兩萬五的支持金額。因此真的比較安心下來。就想說，至少不會餓死嘛。」阿滴笑說。

滴妹對於追隨哥哥腳步成為 YouTuber，後悔過嗎？

『完，全，沒，有，後，悔，欸！』滴妹果斷而大聲地回答道。

滴妹表示，當初想哥哥已經有教英文的頻道，或許也能再有一個教中文的頻道。畢竟中、英文都是重要的主流語言。為此，滴妹甚至去準備並考上中文教學研究所。

『欸…但其實說真的，我中文就是…怎麼說呢，非常非常的爛……』滴妹搔了搔頭，略顯不好意思地說。

「妳沒有興趣啦！」阿滴見狀代為補充說。

『對！就是很不在行之外，我真的也沒有這個興趣去教中文。我覺得教中文比教英文還要難很多很多。』

『所以我那時候就確定，就算我自己能選擇，我也不會想要去教中文。當時哥哥就鼓勵我說，那不如可以試試開頻道，創作自己的內容。』

『他就說，妳可以試試看像找魚乾拍個的挑戰影片呀！兩個好朋友一起做，應該會蠻好玩的。然後，從那開始之後，就不斷接續著拍片了。』

滴妹表示，在拍片過程中發現，這是一個不停可以接觸到不同人、不同新東西的工作，十分享受在其中。因此可以說從過去到現在，始終都沒有後悔過走上成為YouTuber這條路。

滴妹會怎麼描繪自己和哥哥的關係？

『從小到大，我都是哥哥的跟屁蟲。』滴妹稍思忖了下後說。

從小就是哥哥做什麼，滴妹便跟著做什麼，包括大學，也是哥哥考上輔大英文系後，自己也才努力想去考輔大英文系。

『因為哥哥真的是各方面都比我厲害很多……』滴妹透露年紀較小時，哥哥就像是一籠罩自己的陰影。雖然一方面因著有哥哥能罩著自己而有安全感，但也確實動過想努力掙扎，脫離這陰影的念頭。

「是喔，有這種事！」聽著，連阿滴都訝異地發出了驚呼。

『對啊，特別是考大學的時候。我就會認為自己，不管如何，最至少也要考到輔大英文系！』

滴妹提到，從小哥哥就經常領獎，像是作文比賽、演講比賽都經常獲得佳績；這給了她頗大的壓力，因此也會想要複製哥哥所做過的這些事，達到像阿滴一樣的標準。

『但那都是比較小時候的想法。』敘述完這段過去後，滴妹緩了緩，接續說。

現在的滴妹則更成熟地認為，自己與哥哥在個性、能力等各方面都有著能互補之處，已經完全不會再有過去那樣比較的心態。

『就會覺得我能和哥哥一起互相扶持，一起往前走就好了。』說著，滴妹眼神轉向阿滴，誠摯地答道。

走上這條路至今，最有印象的一件事？

『最有印象的應該就是，我和哥哥最一開始經營頻道的時候。』

滴妹表示那時她和阿滴兩個人，全心全意都一起投入在經營頻道上。當時的日子，行程緊湊的每一周都非常滿。兩個人就要獨立完成拍攝、剪片、後製、上傳，還要自己打字幕。

『以前都是在老家拍攝的。』滴妹回憶道。

像是燈光、攝影，有時候都會出狀況，好比沒有開到麥克風、SD卡突然壞掉等等。

『在前期實在有太多的酸甜苦辣。幾乎這個行業所有會遇到的問題，我們都遇到過。』

『那些真的是，到現在，都還歷歷在目呀！』滴妹露出了苦澀卻又帶著感嘆的笑容，阿滴也認真地點頭附和。

「真的是發生蠻多事情的。」阿滴接話道。

「因為對我們來說，這些都已經是日常，很多事情都已經逐漸習慣，慢慢淡掉了。但如果以工作上來說，最深刻的是透過拍片，見到了許多平常沒有機會遇到的人。」

諸如周杰倫、韋禮安等等許多歌手、演員，甚至是與很多自己也十分崇拜的人，有合作的機會，這些體驗對於阿滴及滴妹，都是極為難忘，並珍惜收藏的回憶。

碰到低谷、困難時都是如何面對？

『和最開始的時候比起來，我們內心的強度，真的都已經變強很多了。』滴妹嘴角輕輕上揚了下說。

滴妹透漏，最初遇到批評說：她笑聲難聽、長相醜等等，已經是人身攻擊的言論，都會非常難過，也不能理解為什麼會有根本不認識自己的人，竟能說出這麼糟的評語。

『那會讓你開始懷疑自己，甚至是失落、恐懼。但，畢竟我們也經營五年了。』滴妹話鋒一轉，臉上又綻出了笑容說。

各種大風大浪，酸民攻擊、身體出狀況等等，阿滴及滴妹都已經經歷不少。

「會變成刻意地開始注意起身心靈狀態這件事。」見滴妹也似是正陷入回憶片段之中，阿滴將話接過，出聲說。

「開始要重新定義，自己在乎事物的順序到底是什麼？」阿滴強調，這已經變成是一種需要刻意學習的事情，而非與一般人相同，能夠自然而然找到應對方式。

「在這行業會碰到的負面，會比其他一般職業的強度要高很多很多。」阿滴語重心長地說。

「有時，即使你什麼都沒做錯，也會有人來刻意地要找事罵你、黑你，甚至是扭曲你，把你妖魔化。」滴妹聽後同樣心有餘悸地表示，還會有人造謠，對於完全沒有過的事情，也能講得似是真發生過一般。

『我明白，我是一個蠻容易受影響的人。』滴妹接著說。

因此滴妹對於這種事的應對方式，是會盡量避免去看這些已是出於非理性的攻擊。

『但這也是我從哥哥身上學到的，就是別人指正你，告訴你怎麼樣能變更好，這種有建設性地批評，一定要聽進去。』

『至於造謠、非理性謾罵，我就是選擇不聽不看，不接受。這樣，我至少還能夠保護自己。因為別人要怎麼批評，嘴終究是長在別人身上，我們也沒辦法做什麼改變。我們能做的，就是在這過程中，不斷地讓自己心理素質變強！』滴妹毅然決然地說。

什麼樣的員工，會是你們想要的？

『責任心。』滴妹聽後回答道。

滴妹表示，自己最重視的就是公司的凝聚力，因此會希望和所有員工都有一種如同夥伴，共同打拼的感覺。

「簡單來講，就是要有主人意識。」阿滴接過話說。

阿滴及滴妹會希望，招進來的員工能把自己也當作，是這個品牌的主人，對於在做的事情有自主性，真正了解自己究竟在做些什麼。阿滴繼續表示，因為所從事的這塊是跟創意相關，這件事不一定會花很多時間，但是會在需要的時候，隨時隨地可以有反應。因此公司的工時是非常彈性的，然而卻也會有許多突發狀況需要應對。

「這就會考驗到員工的主人意識。要會自主地認為，這件事是我負責的，既是如此，就會有責任感要在一定時間內，將任務盡可能做到好。」

阿滴將之稱為「主動的責任感」。易言之，將公司當成是自己的去應對進退，且也才能隨時隨地暢所欲言，將所有的想法分享出來，並化為行動。

『還有，就是關於飲料店。』見阿滴語畢，滴妹接話道。

對於阿滴及滴妹，非常講究一定要將最好的飲品，呈現在客人手中，並希冀藉此帶給客人療癒的體驗，這也是「再睡5分鐘」飲料店的核心品牌價值。

『因此會希望，進來的員工是貼心的，懂得為他人著想。能注意到一些小細節，從而提供給客人最好，最應該得到的服務。』

會有什麼建議給也想創業、創頻道的人？

『不要隨便想創業！』滴妹聽了這問題，驚恐地立刻搖頭說。

阿滴補充說，創業真的是除非你有很好的人脈、資金，加上你有非常棒的想法，才算是真正可以考慮去執行的程度。

「但創業，我講老實話，真的不是非常建議。實在太辛苦了！」

『真的要付出太多了，影響是全面性的！』滴妹也附和道。

『太多時候，要付出的代價，都遠比當初想像得還要大很多。』

「不過創頻道，這倒是可行，相對之下實在容易太多了。」阿滴接續說。

阿滴及滴妹認為，每個人都會有自己擅長的事物，只要你願意分享，創頻道並非難事，即使失敗了，損失的也不過是時間，但千萬不要將創業也等同視之。

「因為只要開始創業，就不是只有你一個人的事情了！」阿滴認為創業是需要累積到相當資源、經驗之後，才會建議開始的事情。並也對開頻道給出了些建議，因為現在器材並不貴，縱使用手機也能夠拍片，只要有想法，多參考別人作品，從模仿開始，腳踏實地去學著，如何將自己的想法表達出來，這樣就很棒了。

「不過仍是必須殘酷的說，現在大概每一千個會上傳影片的人，只有一個人有機會能真正被看到。但如果你是真正有內容、特色的人，那現在這個時機點，比起過去，一定更容易被看到。」

「現在新媒體時代，就是門檻低，而當門檻低，大家都能做，想要突出，就是必須要有屬於你自己的特色，要突出，才有機會被看到。」

『而且你還要成為那個願意做的人！』滴妹接著說。

滴妹表示實在看過太多人都說想要經營自己，想要創頻道，不過實際願意踏出去，將想法化為行動的人是相對極少的。也因此，暫時不管最終成功或失敗，光是嘗試本身，就已經很有機會從中得到不少的收穫。

最想要對年輕人說的一句話？

「要多去積累人生當中的經驗！」阿滴果斷答。

不管是打工的經驗、實習的經驗、戀愛的經驗，任何沒有嘗試過的事情，在年輕時都該盡可能地去體驗、嘗試。因為現在這個時代是非常快速的時代，而且未來趨勢只會越變越快，但人體驗事情的速度，終有一天，也將逐漸趕不上世界改變的速度。在這種情況下，如果曾經體驗的不夠多，人的視野很容易變得侷限、狹隘。所以，最好就是在年輕的時候，就多去體驗及嘗試。

「還有，最應該在意的是價值感。」阿滴認為，在做一件事時，首先該是想到的是，在執行時，能否「帶給自己價值感、成就感」。並表示，即便今日，已經爬到了似乎世人眼裡看來成功的位置，但到頭來，讓自己感到快樂的，依舊是年輕時就發覺的那些最簡單的事情。

「快不快樂，那是別人沒辦法告訴你的。因此，這是只有自己可以定義的，一定要花時間親自走過，才能找到屬於自己的答案。」

「將年輕的時間，花在尋找這件事上，是最有價值的。只要能找到這樣讓你感到快樂的事，哪怕花時間的結果，是失敗都沒關係！有很多人即便從事的工作並不是自己熱愛，但因為知道什麼事，是能讓自己快樂的，還是可以兼顧工作與樂趣，將自己的整個人生給經營好。」

「但這所有的前提，都是你要先去嘗試過才知道！」阿滴及滴妹，最後再次一起強調道。

一個還肯踏出去嘗試的人，生命一定會給你驚喜！

YouTube 界的第一個記者——關關

關韶文

初次遇見關關是在場活動中，有別於透過影片認識，記憶中對關關外向、爽朗的印象，私底下的關關出乎意料的沉靜、靦腆，但卻同樣溫暖。

那天，有人的飲料意外翻倒，原先最安靜的關關，卻是第一個立刻起身，伸出援手的。也正是因著這幕，讓我鼓起勇氣一定要認識到他，也才因此很慶幸地，得到了這難得的訪問機會。

當初是如何走入媒體界，又怎麼會轉職成為 YouTuber？

「因為自己從小就是電視兒童。」關關答。

每天放學到家，一到晚上六點，關關就會打開娛樂新聞，每一台輪流看，跟著電視機裡面的主持人一起歡笑。

「當時內心就有一個小小因子，如果有一天，可以幫自己的偶像好好宣傳，該有多好？」於是考大學時，關關便努力考上了世新廣電系，畢業後也毅然決定走入業界，想嘗試看看，做自己喜歡的工作是什麼感覺。

不過隨著媒體環境變化，過去的傳統媒體已不再是主流，也不再這麼容易以「大媒體」的背景邀約受訪者。於是關關便想著給自己一個機會，本來就會剪片的他，逼著自己在工作空檔拍攝影片，練習在自己的平台說話，希望藉此能被大家看見。

每天工作的日常有哪些呢？

「在疫情還沒這麼嚴重的時候，每天起床就是要趕著化妝。」早上要匆忙出門主持記者會，下午再趕去拍業配影片、照片。有時候緊接著晚上還有直播。

每天關關的工作團隊都是跟著他東奔西跑，只要團隊休假的時候，就是關關自行邀約不同的創作者拍片的時候。只要是自己頻道的影片，關關到目前為止都還是自己架機器、打光、拍攝。

待白天的工作結束後，回工作室第一件事情，就是整理拍攝檔案、回覆粉絲留言。直至深夜再開始剪片，每天都分配好自己的時間，至少要初剪一集影片或Podcast，再交給剪接師接手後續的工作。

雖然聽了就很累，但邊說著，關關臉上卻邊是綻出了滿是甘之如飴的笑容。

有沒有在走這條路上，特別想要分享的故事？

「『KOL』是一個這幾年很新興的職業。」關關若有所思說道。

過去擔任記者的關關，也不確定自己是否已經成為了一名KOL。只知道這行非常競爭，雖然嘴上說「不用比較」，但關關認為這行就是要比，比誰最了解自己。真正了解自己的人，才能讓這份工作細水長流，也才不會為了一開始設定的「人設」，最後走進死胡同。

外界看似光鮮亮麗的工作，關關覺得雖然賺錢不是比誰賺得快、是看誰可以賺得比較久，還是希望可以好好做好每件事情，才能夠像蓋房子一樣穩扎穩打，走得長久，笑到最後。

對於追星是如何看待？

「追星的孩子不會變壞，但是喜歡對的偶像很像重要！」關關斬釘截鐵地說。

從小就是追星族的關關，每一週末都會出現在各大簽唱會、演唱會。或許，在同年齡層的眼裡看起來也很瘋狂，但關關認為「偶像」，給了自己很多正確的價值觀，讓他一直學習往自己的夢想前進。

「如果你也是追星族，不用擔心成為別人眼裡的怪胎，因為你知道自己在做什麼！」

會有什麼樣的建議，給也有考慮踏進媒體界的年輕人？

「這是一份薪水很低的工作喔。」關關苦口婆心地勸道。

如果僅是為了錢，真的不建議踏入！但如果是想要應證所學、想要完成自己的夢想，這份工作就非常推薦！每一天在媒體工作的世界裡，身為記者的關關，手機震動就要拿起來、誰發生什麼事情，立刻就要出發追新聞。這樣被別人牽動著的日子，看似沒有自己的時間，但是每次完成一個任務時，肯定都會得到滿滿的成就感。

有什麼想送給年輕人的一句話？

「不要羨慕別人花開得早，要努力讓自己花開得好！」不是每一個人都能含著金湯匙出生。為了就讀世新廣電，關關揹了五十萬的學貸，但同時卻也很感謝過去的自己。

「從今天起，再也不用給我零用錢了。」高中畢業時，關關就曾這樣和爸爸說。

「因為我知道，我的未來，我作主！」

創作經驗分享——圖文畫家 啊宣 ASUAN

啊宣是一位我已經認識許久的插畫家，圖文清新可愛。不論是關於愛情、友情、人生觀，還有各樣生活日常小事的分享，都總是能以簡單的筆觸，快速而準確地抓住精髓，引起大家共鳴。最讓人佩服的是，啊宣從學生時期就開始創作，是在兼顧校園生活狀況下，堅持創作到如今的。

當初開始分享的契機是什麼？

「當初開始在手機上畫圖，只是想要用一個空間來紀錄自己的作品，於是就創了現在這個 IG 帳號來上傳圖文，作為個人紀錄的小空間。」

再加上當時很流行在 IG 發手繪語錄類型的圖，啊宣看到大家的作品後，覺得很有興趣，就想說「也許我也可以來試試看？」後來便這麼順其自然地畫到了現在。

創作有什麼小訣竅？

「靈感常常突然出現，卻又很快就會忘記。」啊宣稍思忖後答。因此，當平時想到靈感時，啊宣就會馬上打在手機裡的靈感清單，等有空時再從中挑選出來畫。另外，啊宣平時也有「觀察」的習慣。常能發現到一些別人不太會注意的小事情，對她來說，生活中的大小事都可以堆積為靈感。

支持妳堅持走下去的動力，是什麼呢？

「有次我收到了一則私訊。」

有一位讀者打了很長很長的一段話給啊宣，說很感謝她，創作的圖陪他走過了低潮的時期，帶給他能量……等等。

「我看到後還蠻驚喜的，從沒想過原來自己的圖，能帶給別人這麼大的力量。」對於能產生這樣的影響力，啊宣覺得很榮幸也很開心。這也於後來成為她畫圖的目標之一。

「希望我的圖，能為你的生活帶來片刻的療癒和能量。」啊宣無比誠摯地說。

在學校、生活與經營帳號間，該如何取得平衡？

「其實要達成完全的平衡是很難的，勢必得放棄一些東西。」

啊宣會依照事情重要程度來選擇要放棄什麼。除此之外，也會為所有事情訂出一個時程表，確保每件事都有足夠時間來完成。在此同時，啊宣也認為「自律」和「效率」還是其中最重要的關鍵因素。

「未來有想嘗試看看以此為業。」啊宣接續說道。

畢竟畫畫是從小到大都很喜歡的興趣，若自己喜歡的事情能成為工作，對自己來說是很幸福的。

當遇到瓶頸，都是怎麼克服的呢？

「遇到瓶頸和困難時，我常常選擇自己克服。」

啊宣會在獨處中審視自己的問題所在、盡可能思考解決的方法，並獨自一個人靜一靜、休息一陣子、做一些轉移注意力的事情來讓自己開心一點，等真的準備好了、真的沒事了，再繼續創作。

「有時候我也會找朋友解決，問問他們的意見和看法。」

啊宣的朋友經常會帶她很大的安慰、鼓勵、還有啟發。

「也會突破一些盲點，有種點醒我的感覺，會讓我對於那些不開心的事情比較能看開、釋懷。」

「我覺得遇到瓶頸時也不用全部都自己解決，可以找其他人釋放一點點負能量，也是很好的，才不會把自己悶壞。」

經營帳號，有無學到什麼，是妳最想分享的？

「經營粉專直到現在，我想，最大的學習和體悟就是：『謹慎的做事態度』、『細心和耐心』、以及『說話的藝術』了。」

隨著時間的流逝，分享的作品越來越多人看見。因此啊宣認為，不再只是畫自己開心、好玩的而已，也有可能會影響到別人，更要一而再，再而三地仔細檢查，這個過程中也讓她養成了謹慎的做事態度。

畫圖這麼多年，啊宣對於圖稿也越來越要求（甚至認為自己已經到有點吹毛求疵的地步）。不論是線稿還是上色，都盡可能追求完美，希望最後呈現的結果能是最好的，這需要花非常多的時間，也因而訓練了自己的細心和耐心。

「另外，做為一個半公眾人物，說話真的要很小心。」否則很容易造成誤會，有時候就算很生氣，也該先冷靜下來理性地討論。

啊宣自認算是脾氣蠻衝的一個人，不過這些年下來，也練習了說話的藝術，以及許多理性解決問題的方法。

有什麼建議會想給也有想經營帳號的後輩？

「可以多嘗試、多學習、多看，增加自己的視野。更重要的事，好好享受創作的過程，得失心儘量不要太重，不然心情很容易受到影響。」

啊宣認為，前期可以把重心放在做自己喜歡做的事，然後把它做好，比較重要。

「有想做的事，就放手去做吧，不要讓自己留下遺憾。」

「勇敢地去嘗試，趁還年輕的時候把想做的事都試試看，多方面嘗試才會找到自己最喜歡的、最適合的。就算失敗了也沒關係，因為這些都會成為你的經驗和養分。」

「總歸，人生是場只有一次的旅程，做得開心比什麼都要更重要！」

電視台記者、主播光鮮亮麗？
入行前她想告訴你的事——電視台主播 趙惠雯

盡你所有能盡的努力，爭取所有你想要的東西。

不包含工讀生時期，我進新聞圈約已有六年時間，我不能算是本科系出身，也沒有機會到電視台實習，如今會在這裡，必須感謝八年前的自己，打了一通電話。

時間回到大四時，當初並沒想太多，僅是自然而順理成章地去考研究所，也很認命地等待九月開學。未料，開學前兩個月，臨時看到電視新聞台招考資訊，因為過去報名人數都逾千，錄取率並不高，但我實在太想嘗試，遂硬著頭皮報名，也竟就這樣得到出乎意料地錄取。

然而，即便如此，我仍是未能如願地順利去台北上班，因為家裡認為還是得以完成學業為先。幾經掙扎、反抗，幾乎是是抱著死馬當活馬醫的心態，我打了通電話到電視台人資窗口。老實說，我必須完成學業，無法報到，但我知道電視台在高雄也有分中心，我願意當免費工讀生，當時對方回覆「沒有這樣的前例」，但也安慰我，可以等學業完成後，再加入公司行列。

我心裡難過呀！怎麼不難過，像是到手的鴨子飛了，但一方面也說服自己放下——這件事情上我已經盡了我的全力了。

幾天後，我接到來自南部地方中心的電話，特派（也就是地方中心的長官）語帶疑惑地說，他說真的也不知道要叫我做什麼工作，只是接到台北長官的訊息，請他幫我找個位置、去工作，大家都摸不著頭緒，總之請我找一天過去看看。

掛上電話，感覺像是那隻煮熟飛走的鴨子又飛回來了。公司也沒真的那麼狠心，我被納編為工讀生，領政府規定的時薪，但當你進到夢想的公司、做著夢想的工作，給多少錢，好像都是其次了。

於是我一邊念研究所，一邊工作，經歷一陣撞牆期後慢慢上手，全盛時期我可以同時發稿、幫前輩們發CG、幫忙傳帶、幫忙收帶、幫大家買午餐、買飲料，要做的事情不少，但卻很充實，每天都覺得往夢想又更靠進一步。

兩年後，學分修滿了，我向公司申請想到台北去工作，跑線的組別有黨政、生活，跟社會三個組，我被派到社會組，主跑檢調新聞。

新聞業是個非常緊湊的行業，而且不會給你時間學，所以沒有「學好再上陣」這件事情，麥克風給你，哪怕你今天第一天上班，你都要表現地像是準備萬全一樣。

上班不到一周，我就開始值小夜。新人運通常很旺，如果有新人記者一起值小夜，都不會太平安。當天 18 稿子還沒發完，就傳出某董座涉入弊案，小夜主管氣急敗壞跑來問我案情，我滿頭問號完全不知道他到底在說什麼。

都忍不住心想，我只是個孩子啊！

日子就這樣稀里糊塗地過了，我從搞不清楚分局跟派出所差別，到慢慢懂得如何在庭表中找到有料的案子。後來也因為同業的牽線，順利跳槽到另一家電視台。

記者每天早上第一件事情先掃報，跟主管回報線上發生的事情，有哪些新聞可以發，俗稱報稿。跑久了之後，會跟幾個同業比較熟，我們會集合幾個來往比較密切的同業，分工合作掃報，俗稱「會稿」；一方面節省時間，二方面人總會有疏漏，這樣的會稿框列，還能起到抓漏的作用。

新聞業之所以緊湊，是因為所有事情進行都是同步的。我常笑說，我們非常能夠多工處理，我可以在採訪完回公司的路上，一邊用手機寫稿、一邊在紙上畫 CG，同時打電話給 CG 室，溝通我這張動畫該怎麼發，以上的動作，是「同時」做。

噢，有時候還要同時跟男友吵架。

入行一陣子，我學會一件事情，就是千萬別買湯麵當午餐，因為你永遠不知道到底有沒有辦法好好吃完。有太多次，才剛買好午餐，就接到電話，要馬上出門採訪，等你回來時，湯麵已經成了麵糊。

記者的行業不是朝九晚五，低消就是十小時起跳。但其實因為太緊湊了，時間過的也很快，一眨眼下午就到了；12 新聞發完，馬上就得出去跑 18 的新聞，回來發完稿，一天就結束。等到你回到家，問你今天發了什麼，相信我，筋疲力竭的你，絕對想不起來。

連線能力是記者的基本功，也可以說是這行的大魔王。很多時候，你根本還搞不清楚狀況，就要馬上連線，尤其是意外現場——普悠瑪、太魯閣翻車時，第一時間，你只會知道「翻車了」，剩下什麼都不知道。編輯台就會打來要你先電話連線。因為此刻你還沒到現場，所以你必須同時迅速瀏覽所有已知的訊息，同時接電話、連線，並且開始移動，拿採訪包，準備上採訪車。

2016年除夕，我好不容易搶到過年的黃金時段休假，回家跟家人團圓。當天早上起來，發現手機有大量的新聞推播——凌晨發生地震，台南倒了一棟維冠大樓。

那年過年，我便就在維冠大樓旁度過，每個整點數不清的連線，看著一個個生還者、一具具罹難者從建築裡出來，隨著救援行動，整棟建築開始慢慢扁塌、下陷。

或許是那次表現沒有太糟，地震連線後一陣子，有天長官告訴我：以後中午都去練習播報。到後來正式開始播報，我多了一個「主播」的頭銜。

主播分為兼任跟專任，顧名思義，兼任主播你可以想像成是打工，記者是我的本業，播新聞就是額外的兼差。

新主播通常會從清晨時段開始，當時我播報的時段在早上，只有半個小時，但前置作業一樣不少，加上我家住的遠，四五點起床是家常便飯，想當主播第一個困難或許就是要能夠早起（笑）。

前一天，服裝師就會先把播報的衣服搭配好；衣服都是公司準備，梳化時間很短，大約只有半小時，所以會同時有兩個人，個別幫你處理頭髮跟化妝。

有人認為，主播就是讀稿機，只要看著稿子念就好。但很不幸的，讀稿機故障的機率遠比想像的高，有時候亂跳，有時直接卡住。另外，新聞是隨時變動的，每則稿頭前，副控的導播都會用耳機，跟你確認一次，接下來是哪一則新聞，但常常這一秒還是車禍新聞，下一秒臨時說，某位受訪者要講話，要 cue 現場，這時讀稿機還來不及給你，畫面已經在你身上。你說，你還有讀稿機看嗎？

播報會遇到的奇怪事情實在太多了，吃螺絲、稿子跳掉、一開口就被口水嗆到、卡痰，穿高跟鞋走路跌倒，都是很稀鬆平常的事情。

主播頭銜光鮮亮麗，極少數當家主播月薪確實可上看百萬，但那真的非常少數，專任如此，更遑論兼任主播，領的是一節一節、低到不可思議的播報費。有離開媒體圈的同業，至今仍會爆氣數落這工作沒價值、高工時低酬勞，說的難聽，卻是事實。而電視台記者，同樣在鏡頭前露臉，某種程度也有光環，但說到底，也就是會出現在電視上的上班族，這是產業大環境使然，需要付出的時間、精神太大量，用「CP 值」去算，絕對不划算。

新聞時每分每秒都是緊繃的，當記者時，我每天回家都累到不想講話。開始播新聞後，常常下播後全身腰酸背痛，每天接受大量訊息轟炸下，精神長期處在緊繃、疲勞狀態，同事、同業們健檢紅字每年只會多不會少。加上作息不正常、日班、夜班、花班，跑線偶爾需要應酬，工作一天、下班接續應酬，隔天早上直接再去上班，完全沒闔眼，也不是沒發生過。

這行走的人多，想進來的年輕人卻從沒少過，或許是對螢光幕前的嚮往、或許是對挖掘事實真相的熱情。紅極一時的電視劇「我們與惡的距離」把新聞業拍得很熱血，是真實，也不是真實。真實的是，每天工作的緊湊、各種兩難的拉鋸，但電視劇終歸只是一時，現實生活是長久的，時間一拉長，沒有多少人還活的跟剛入行的時候一樣。

每個行業都有無奈之處，儘管如此，對於想入行的年輕人，我仍抱持歡迎肯定的態度。這個行業即便低薪、高壓，但卻也能帶給你與眾不同的生命經歷。終究，有哪個工作，會讓你在颱風天、疫情警戒時，把你丟上第一線，水裡來火裡去？又有哪個工作，讓你能近距離接觸到遙不可及的政治人物、甚至跟他們聊上幾句呢？

沒有一個工作是十全十美的，
但我深信，缺少給你的，它會在另一個地方補償給你，
相信你所做的所有選擇，都會是對的選擇！

我從選美學到的事——台灣小姐 邱怡澍

常會有人問，為什麼會想要去參加台灣小姐選美比賽？為什麼清大畢業卻去當主持人、YouTuber？為什麼去參加國際發明展，又是桌球校隊？為什麼這樣？為什麼那樣？

當中也有很多人，幫我想了好許多冠冕堂皇的答案，但其實之於我而言，原因不過就是：「我喜歡去挑戰不同的新事物，單純覺得很酷，想要去試試看」如此而已。

實際上我認為，「開始去做」一件事情的原因本就不該太複雜，因為沒有真正施行前，有太多情況，任憑怎麼想都不可能預設到。我自己很喜歡一句話：「你不需要很厲害才開始，你要開始才會很厲害。」如若一直沒有展開，何來後續的可能？

舉個更貼近生活的例子，從小到大我們歷經了無數次的考試，試問自己有哪一次是讀完所有課程、教材，胸有成竹地走進考場？很少吧？本來就永遠都沒有完全準備好的一天，我們總是需要在過程不斷地答錯、訂正，確保下次不要答錯同一觀念，這才是應對考試之道，也才該是面對生活與挑戰的硬道理。

既是如此，如若碰到一件讓你有衝動嘗試的事，何不就這樣開始呢？

當然，平心而論，這世上大多有趣的事物都很難當飯吃，我也曾問過自己，學了那麼多事物，真的有用嗎？當別人在放暑假我卻在桌球館暑訓；別人在期末考前衝刺時，我怎麼還在表演排練？

然而，現在回過頭看，當時的努力都體現出了價值，過去的每個經驗都拼湊出了現在這個最特別的自己。生命中的每個選擇都有標價，路不可能白走，因為我們的樣子會隨著我們的經驗、努力不斷變化，只是身處當下的我們並不知道。

「想要成為明星」，這或許是很多人對於參加選美的刻板印象，但我是個很實在的人，不會以那些太過縹緲、不確定的「夢想」來做為我的動力。因為這些需要極高運氣成分的目標，如果當作努力的原動力，那幾乎必然的，更多可能會是失望。

因此，一開始的想法就很簡單，我本身是一個很喜歡跟外國朋友分享台灣文化的人，我也曾擔任過外交部的國際青年大使，如果真能夠成為台灣小姐，就也能讓世界從不同角度認識台灣，應該會很酷！退一萬步想，就算失敗了，也能學一些美姿美儀以及台步也不錯。

聽起來好似有點苟且？不過我正是從過程中發現，當一步步去完成這些看似胸無大志，卻是自己真心喜歡的小目標，反而因為更能專注地將過程中的每一步驟，以最扎實的態度做好。結果總會比一開始，便將目標設定得過於遠大、飄渺，而難以具體按部就班實現的要好得多。

成為台灣小姐，並取得代表台灣參賽國際小姐的資格，每一關都是重重困難的開始。我想身為台灣人，大家應該或多或少都能理解台灣的處境有些許尷尬。我們只能參與世界三大選美賽（世界小姐／國際小姐／環球小姐）中的國際小姐。光要能夠以「Miss Taiwan」這個名稱參賽，都已經是一件讓人感動的躍進。

相對於泰國小姐的送機是擠爆機場的萬頭鑽動，又或菲律賓，將能成為佳麗，視為能夠反轉整個家族的命運轉折。台灣對於選美的風氣，遠不如其他國家來的熱情，這便導致了籌備期間困難重重。在尋求協助時甚至有人對我說：「參加這麼大型的國際盛事，沒有準備五百萬怎麼能跟其他國家爭奇鬥艷，妳乾脆棄賽好了。」

只是天生傲骨的我，哪能被這番言論就這麼擊潰？讓世界看見台灣是我的初心，我更在無形中把這當成我的使命。即便沒有設計師願意幫忙，我依然比手畫腳地跟裁縫師雞同鴨講了許久，堅持重新設計參賽的「國服」（以國家特色做為展現的禮服）。

台灣文化多元，能代表台灣的元素有非常多，我選擇了一個最貼近我的生活，也是台灣不可或缺的「廟宇文化」作為設計主軸。以三太子為元素做為發想。我思忖要與各個國家爭奇鬥艷，一套服飾可能略顯弱勢，因此我又在服裝上加裝了LED燈，並在走秀結合傳統技藝扯鈴，讓一場走秀儼然成為了台灣文化行動展。

我想或許正是秉持初衷，堅定地走穩每一步，幸運地最後打破台灣記錄，奪下全球二十強的成績（前一得獎紀錄為脫離聯合國前的連方瑀女士）。但比起這結果，令我印象更深刻的，還是特地來到後台，淚眼婆娑為我鼓勵加油的台胞們。他們說：「謝謝你讓我想家了，不用看揹帶上的台灣字樣，都能知道就是我們台灣的文化。」這大概就是實現目標的甜美吧？

每個國家都有不同的審美標準，並不是所有佳麗都是台灣普遍所認同的苗條身材、鵝蛋臉。我也是在這時發現所謂「美」，其實難以被定義和歸類。但每位佳麗的共同點是極富自信，「自信是最美的妝容」這在選美場上展露無遺。

在台灣文化中總是教我們謙卑，但我卻認為「適當的高傲」也是一種自信的展現。一開始我也覺得自己僅是一個台灣代表，現場都是各國的選美皇后，各個都是粉絲破萬的藍勾名人。或許我也真的沒有特別傑出吧？

想來，光擁有這種想法的當下，就是不傑出的開始。當然每位佳麗發展各異，國家支持度也有所差距，但我看到的都是每個閃閃發亮的靈魂，喜歡自己且落落大方的展現。我們喜歡互相稱讚，也自信地收下對方的讚美，我們從來不謙虛自己的優點。

舉個例子，當別人說台灣小姐妳今天穿的很美，這時候在我們謙虛文化下長大的台灣人，大概是立刻自謙地反應：「沒有啦，是你不嫌棄。」但我認為，真正自信的反應該是：「謝謝你！我也很喜歡今天的打扮，我花了很多心思，我同樣很喜歡你今天搭配的耳環喔！」不抹滅自己的努力，同時也自信地接受讚美，並尋找對方的優點。當你把自己放到一個高度，你就會逼迫自己追上，並成為那個高度。

「不謙虛促使人進步，也是一種自信的展現」。

最後，總結一句話：「給自己天馬行空的想像，給自己付諸實行的勇氣，相信未來的你，也會感謝當初那個傻呼呼，且奮不顧身的自己！」

關於投資與財富自由，你該知道的事——金融股投資達人 大俠武林

「股票這種東西令人嚮往的地方，就是能常常看到一些小資族，重壓融資開槓桿翻身的故事。」大俠開宗明義就表示。

大俠認為，什麼三分鐘學英文、七天快速減脂以及快閃交易致富密技等，都是在教人們如何在短時間獲得成效，而不是在教人如何用邏輯來長期思考。

反正現代社會忙，認真跟你講要專注本業，長時間務實工作，並透過長期累積市場合理報酬這種話，我想追求速成的人，一點也聽不下去。

「什麼年化報酬8%？他一分鐘就要賺8%了。」大俠兩手一攤無奈地說。

「但，短時間內暴富的故事聽多了，難道就不會好奇暴富之後的故事嗎？」除非投資

人明天就離開市場再也不回來，要不然還真的沒有叫做贏，因為投資的報酬率是算人到蓋棺的那一刻。

每一個賭癮纏身的人，都是抱著這最後一把，贏了就離開的心態走進去的，但最終可以笑著踏出來，還能再不回去輸光的，又有幾個呢？

財富自由是許多人嚮往的生活。但事實上，人們往往正是在追尋快速暴富，財富自由的路上，喪失了當初累積的財富。

「要知道市場總會有千百種方式，去收回與投資人財商不匹配的資金。」

大俠表示，唯有到人生真正蓋棺那一刻，才會知道這輩子投資值不值，也就是報酬率以及這輩子到底賺多少？是算到雙腳一蹬的那天，而不是一時的暴衝。

一個一直想要靠一次性重壓致富的人，那麼有九成九的機會，在這次獲利結束後，會繼續找下一檔重壓爆賺的股票，股市來來去去看了這麼多人，沒有幾個願意見好就收的。

「因為嘗過短時間暴富甜頭的人，是會難以忘記那種滋味的。」大俠語重心長地勸道。

別忘記投資是一輩子的事情，每一個決定執行前，請務必想清楚，能不能幫助自己在長期都如此獲利。並想想那些和自己最親密的家人、先生、老婆和孩子，而不是在一切鬼迷心竅後，才對著他們大吼著：「我也是為了這個家好，才去賭高風險的報酬！」

「當然，過猶不及，也並不該把股市妖魔化。」大俠話鋒一轉說。

本質上，股市就像海，確實有不少人遭遇海難，但直接放棄出海，絕對將會是承擔更高的風險。

「很多人都會慶幸，以為自己賣的及時，逃離股海真是明智選擇。這樣因為擔心股災，所以不敢參與完整市場的人，永遠也想不到，多頭對他們來說，也是場股災。」

要知道，世界上沒有任何一個國家會以股市大跌為榮，所有政府都是希望能持續創造榮景，讓經濟、股市不斷上漲。拉長時間尺度來看，整體股票市場都是漲多而跌少，因此不敢參與風險本身，就是最大的風險。

很簡單的算數問題，同樣一千萬，假設十年前就放到００５０這種幾乎可說是在台灣最安全的標的，至２０２１年的今天，將變成三千七百多萬，而若僅是放在銀行，則除了接近零的微薄利息，不會有什麼變化。

「這就像全校原本只有十位同學考九十分，你是其一。但就因為其他同學願意對理財好好做功課，多做了一個決定，於是九十分翻了三倍，變成兩百七十分，連當年那些只考六十，遠輸你的同學也都翻三倍變成一百八十分，而你卻依舊只有九十分。」

「這樣的九十分，還會是一樣的嗎？市場上的錢不就這個道理？十年前的一千萬，現在當下的一千萬，未來十年後的一千萬，價值注定都是不同的。」

「風險當然要考慮，可假若有天像0050這種代表台灣最大型企業的ETF停止成長，或兆豐金這種大到不能倒的系統性銀行都不行了，你覺得你持有的新台幣又還能剩多少價值？」

「我們常說的通膨，就有點像是，老師說全班總分加兩百，全班一陣歡呼，但是第一名還是第一名，最後一名還是最後一名，只是分數變了，排名還是一樣。」

「勝出關鍵永遠在於你願意更加務實，在小地方多細心，避免投機求學心態導致錯誤扣分。你該期待的是自己因專注本分而得到的提升，而非老師的加分。」

大俠直說，對一般人而言要獲勝，無非就三句箴言。

「專注本業，閒錢投資」、「雪中送炭，以逸待勞」、「資金控管，分批進場」。質言之，以不會影響到生活的閒錢買進最好、最安全、最優質的標的，並最好就是在有股災來臨，大家恐慌時，氣定神閒地分批慢慢買入。剩下就讓市場、頂級公司高層、員工去幫你煩惱獲利，輕輕鬆鬆推升你的總體資產，穩扎穩打使人生翻身。

「窮，就是得認命，然後逆轉。」

大俠透露，自己是從貧窮家庭出身，母親是小農，還是佃農，無房產也無存款。在經濟極度匱乏的生活裡長大，自然從小起就少不了，被現實社會抽滿耳光的機會。

「一直抽一直搧，搧到怨天尤人。一直抽一直搧，也搧到認清事實從谷底重新振作。」因為家貧而沒有多餘教育資源的大俠，只能拼，勉強考上了國立大學資工科系，也靠著師長們的指點拼出了事業。

「還記得在唸書的時候，常啃著媽媽做的饅頭，吃家裡種的菜。什麼是學生餐廳自助餐？連想都不敢想。偶爾去跟餐廳阿姨要點免費剩餘肉汁，就已甘之如飴。」

「在窮的時候，有什麼苦不能吃？有什麼累不能撐？」

「出身貧窮沒什麼，就是得學會不埋怨，得認命，然後拼！照樣也能靠自己奮鬥掙來頂天立地！」

如今的大俠，已靠著資產現金流，每年大約有兩百多萬的被動收入，而且還在不斷地增加中。有時候總會想著「如果當年我就這樣認命，那就沒有今天了。」

「要知道窮，其實不是最可怕的事情。」大俠苦口婆心地表示。

「最可怕的是自己思想窮了、觀念窮了、格局窮了。如果這些都窮了，那這輩子可真的就是窮了。」

人與人的差距，也是因為心態、格局、思維或者是行動力，這些才是強者與弱者差距越來越大的原因。

「那麼，你是想往富有的那端靠近？還是貧窮呢？」

如果目前還尚處在人生低檔，那何不如趁此時潛心學習投資自己，專注本業鞭策自己跨步邁向下一段巔峰呢？

「莫忘，人生精彩，就在逆轉。」

機師經驗分享——國籍航空機師 安迪

為何選擇機師這條路？

當初是在外國機場擔任客服人員時跟時任女友分手，心情低潮之下決定找一件事情分散注意力。在了解到當時工作並不符合自己生涯規劃後，決定靜下心來好好思考未來的出路。

因工作環境關係，時常會接觸到來自各國的飛行員，在與他們聊天的過程中漸漸了解機師這份工作的優缺點，以及該具備的身體條件、心理素質等等。就這樣萌生了自己也想試試看的念頭。在爬了無數文章並詢問前輩之後，了解到台灣有「培訓飛行員」這個成為機師的管道，而自己個人能力也符合報考資格，便一頭栽入了準備培訓機師這條路。

這份工作每天須完成的內容？

因疫情開始後各項規定有所不同，在此以疫情前之內容為主。飛行員的工作非常注重SOP（標準作業程序），每趟飛行任務看似要做的事情都一樣，但細節卻有很多的不同，這也是我認為這份工作有趣且充滿挑戰之處。

我們這個月的班表會在上個月底就公佈，換言之我們可以預先知道本月的所有航班。飛行前的準備工作通常會從前一天開始。假設明天要執行桃園—大阪、大阪—桃園的當日來回班，我會在前一天就先看兩邊機場的預報天氣，注意能見度、風向風速、雲高等等因素會不會影響到隔天的起飛與降落。

如果會，就要先把相關的法規以及程序準備好，以利隔天使用。再來，我會調出上一個執行此航班的飛行計劃，大概了解此航班所需要的油量、飛時、航路、載客（貨）量以及NOTAM（飛航公告，由當地的航空部門發出，作用為通知飛行員該空域或機場的特別安排、臨時規定及運作程序的改變）等等。

如有需特別注意部分，就要把手冊拿出來，複習相關規定與程序。到了航班起飛前約三小時，則要開始梳妝打理，準備行李以及整理飛行箱，然後出發前往報到地點。在報到地點，當日執行同個飛航任務的飛行員們會在此會合，彼此確認完執照未過期後就會一同觀看飛行計劃，討論上述所要考慮的因素會不會影響今日的飛行，並商討適合的作法。

接下來飛行員與空服員會一同坐巴士前往機場，此時距離班機起飛還有一個半小時左右。到達飛機後，前艙與後艙組員會完成各自的程序。飛行員的部分就包含檢查飛機、設定飛行電腦、檢查安全設備等等。再接著待乘客與貨物都上機後，就準備後推出發。從滑行、起飛到巡航的過程，飛行員都必須按照公司的法規與程序進行操作，因此即使一同上班的飛行員們彼此不曾見過，也可以有默契完成整趟任務，這也是標準作業程序的好處。

在巡航時，飛行員必須與航空管制員進行無線電通話，他們是空中的交通警察，負責在航路上指揮各飛機以確保各航機安全，以及保持各航路的順暢，能夠達到最大效率。同時，飛行員必須隨時更新目的地機場的天氣等資訊，設定好飛行電腦以為下降及落地做準備。

下降到落地的過程可說是飛行員最忙的時候，因為此時航機多，無線電環境雜，飛行員要能夠同時接收航管員指示及操作飛機。此時飛行員必須互相合作，確保一切操作符合程序及法規，以免造成安全疑慮或者違反航空法規。在此同時，與航空管制員的對話會一直持續到飛機停妥後。而待乘客下機後，飛行員必須完成最後的紙本作業，並與空服員們從機場一同坐公司巴士報離。至此，完成一天的飛行任務。

在這份工作中有什麼樣的學習、體悟？

飛行員的工作就像是面對機器的作業員，但有著非常小的容錯空間，以及極度嚴格的法規在規範操作。在過去冗長的訓練過程及實際上線後的經驗，最大的體悟就是做任何事情前，都要先預想各種可能並做足準備。

以飛行來說，要準備的部分就是上述工作內容，再加上各種緊急狀況的程序。雖然現在飛機系統非常先進，有的機型還設有防呆機制，甚至會「幫」飛行員做緊急程序。

但機器終究僅是機器，自動駕駛也會有故障的時候，飛行員的價值之一就是做最後一道防線，在系統失效的時候，利用經驗，過去的所看所學來保護飛機的安全。而以上所需要的所有知識，都來自於飛行員平時的準備，隨時溫習一般、緊急程序，在狀況來臨時就不會手忙腳亂。

有什麼建議給也有考慮做這份工作的人？

首先是身體素質部分，飛行員每年一到兩次體檢是出名的嚴格，一旦某次測驗不合格會立即停飛。因此建議有意報考者平時就要鍛鍊身體，維持良好飲食及睡眠習慣，讓身體維持在最佳的狀態。

此外，如對身體的任何狀況有疑慮，不知是否符合報考資格，一律以航醫中心為準。建議報考者於考試前先自費前往航醫中心自行體檢，以免通過了冗長的考試過程，卻在體檢這關失敗，一切功虧一簣。

由於近年來報考人數增多，因此也不建議辭掉現有工作專心考試。以個人經驗來看，利用工作之餘時間準備已經綽綽有餘。如果辭掉現有工作，容易在長達數月的考試過程中胡思亂想，得失心過重，而萬一沒考上就是兩頭空的結果。

另外，飛行員看似理工類科系的出路，但事實上線上飛行員來自各行各業，前幾志願與私立學校的畢業生也都有。筆者本身就是公立大學文科畢業，數學是大罩門，但也靠著考前衝刺達到當時的筆試標準。

在此是想告訴各位，不需要認為自己的學歷不夠好，或者理工科目表現不佳就直接放棄報考。事實上，對於所有人來說，受訓時所學到的飛行科目都是全新的東西，大家是一同面對新的挑戰，或許每個人吸收的速度有所不同，但這都可以靠同學間互相合作幫忙解決。

唯一建議一定要加強的科目就是英文了，建議多益成績至少要衝到 900 分以上再進行報考。除了增加錄取筆試資格的機率外，之後在國外進行受訓閱讀的都是原文書，且與飛行教官、航空管制員對話也都是使用英文。如果英文沒有到達一定程度的話在國外受訓的過程將會相對辛苦。

最後提醒，成為飛行員的道路並不輕鬆，畢竟是普通人從小到大從未接觸過的領域，但有一件事情可以讓你事半功倍，那就是團隊合作。

從報考開始，找到志同道合的夥伴分享讀書心得，互相打氣增強信心，一同練習模擬面試，對考試的過程有莫大幫助。到受訓中的階段，其中不乏有閉門造車，不願分享資訊或心得的同學，但他們到後來踢到鐵板的機會很高。要知道，飛行會遇到的事情的變化多端，你不可能遇到所有可能的狀況，這時候只能從別人口中得知對方的經驗，並且設想如果今天是自己遇到了，該怎麼處理？飛行是很講求實際應用的，坦白說我自己在受訓時，與同學們茶餘飯後聊天時所學到的，不會比書本還要少，甚至還更靈活實用。

最後送一句話，

世界對心懷善念又肯腳踏實地拚的人，總會報以意外的禮物！

卡達航空空服員經驗分享——Sunny Yeh

當初決定參加面試，主要是因為剛畢業，尚不清楚想踏入的產業，想著若成為空服，就可以好好使用員工打折機票環遊世界，也能趁還年輕時嘗試真正地搬到異國去工作、生活，體驗不同的文化環境，增加自己的獨立能力。且若能先快速攢下人生中的第一、二桶金，讓接下來的日子更能衣食無虞地去做自己真正想要做的事情，豈不一舉兩得？

不過，能走上這條路，必須說，除努力外，我自認是非常幸運的。過程中看了太多人從小夢想就是當空服，其中不少更是不惜砸下重金去補習，未能如願卻仍舊是多數。

而我的首次空服「初試」卻竟就通過了。想當初逾千人面試，甚至在面試現場遇到遠從韓國、澳門、香港，包括從巴西，繞了大半地球才來應試的人。能成為最終被錄取的那幾十人之一，對此我至今誠摯充滿感激。

隨著加入卡達航空，從當初懵懵懂懂地什麼都不懂的菜鳥，經過將近兩個月壓力極大的受訓：包含飛安責任、機型考試、美姿美儀、五星級服務餐飲課程、組員管理和初階急救課程等等。

到現在我的手中已握有九種專業機型的證照，並可以擔任各飛機上掌管廚房供應飛機餐的負責人，並處理飛機上的大小事。小至滿足客人生理上的需求，大至在緊急時刻，給予乘客至關生命、危急處理時，最大的幫助。

印象最深刻的是，教官曾對我說：客人什麼都可以抱怨，好比機上設備、網路不穩、廁所不乾淨、機艙食物不好吃等等，但不論是你展現出來的服務、表情或者是姿態，在工作上要以態度克服、勝過一切，無懈可擊地，就是無法讓客人抱怨「你」這個人。而從開始飛行到現在，我一直對此謹記在心。

在外人看來，空服員的生活看似光鮮亮麗，好像我們永遠都在環遊世界、到處玩、拍照打卡。但其實我們真正在環遊世界的地方主要僅是「各國高級飯店」。

這並非炫耀，而是能免費住各地的高級飯店，雖然本身的確是一個很棒的體驗。但是，受限於航班起降時間與各地時差，我們幾乎每飛到一個新的國家、城市，就被迫要調整自己的生理時鐘，並得在最短時間內，適應各種變化萬千的氣候。可能前一天在北歐的芬蘭或挪威是零下好幾度，大後天卻飛到熱帶如馬來西亞、印尼等等，隨時來個大反差。

又或是上班前嚴重失眠，卻要飛一趟十多小時且沒辦法輪休的航班等等，有時甚至於三十，乃至四十小時都沒辦法好好休息，這些都並不稀有。

在這種狀態下，光調時差都來不及了，根本沒力氣吃飯，遑論在短暫停留中還有精力出去玩。於是更真實的狀況是，大多情況休息也都是在飯店補眠，又或是去當地超市採買必需品與食材回去煮。

所以，學會與自己相處，是成為空服員最重要的一課，因為絕大多時間，你都必須學會如何一個人度過。特別是在逢年過節，每當家人朋友團聚的時候，也必須持續地在各國機場起飛、降落。

之於我而言，雖然在當空服員日子中，開心遠多於悲傷，但偶爾失落挫折的時候，也常在公司宿舍或外站的飯店裡，獨自熬過一個人心碎大哭的時光。終究這就是長大吧？你得要懂得自己照顧自己、報喜不報憂、並為自己的選擇負責。

再沒有人，會無條件地對你伸出援手了。

這也是我從這份工作中學到最重要的體悟：唯有內心更堅強、心態更獨立，並懂得克服內心時常湧上的寂寞，才是真正能夠歷久彌新，經得起考驗的生存之道。

此外，在離開這行業後，難免會有一段空窗期，需要更實際地審視自己在回歸平地後，還能有什麼樣的一技之長？

身邊認識的退役空服回到地面後，有擔任網路行銷、電商、服務員、美甲師、秘書、瑜伽老師、開插花班、賣自製甜點、英日文老師、國外業務、準備考研究所，千奇百怪。也有回到原本專業，擔任藥劑師、獸醫、外交官等等。

當然，其中有成功轉職案例，失敗的卻也同樣不少。我認為，空服員當久了，很容易習慣了舒適圈，從而當摘下翅膀後，對於地面生活極難適應。特別如地面常見的：加班文化、難相處的主管、同事等等，有不少人都因此而徹底喪失原先對自己的信心。

因此，我的建議是，若沒有想一輩子擔任空服員，永遠過著迴異於常人的生活，那絕對需要更早規劃之後的職涯發展。這項工作所體驗到的人生經歷，會讓你在心態上更加豁達、平穩。因見識過太多人、太多大風大浪的時刻，但更重要的是，不要忘記持續學習並提升自我。不論是經營副業、精進語言、專業以及回到平地後其它的一技之長。

寫這篇時回過頭一看，才驚覺自己也已經默默地飛了數年，累積數百趟飛行紀錄，足跡片極了歐洲、非洲、南美洲、大洋洲、亞洲，踏遍全球五十幾座城市。

也是這才發現，自己最愛的還是亞洲，尤其香港、新加坡、韓國、日本等這些離台灣近的地方。最愛吃的也還是亞洲菜，畢竟再怎麼漂泊的人生，還是需要「根」與「家鄉」。吃遍各國高級料理，最懷念的，卻仍舊是台灣便宜又大碗的滷肉飯及庶民小吃。那些真的是……只有在國外生活過，才會明白彌足珍貴的事物。

回顧人生，連自己也覺得奇妙，以前，也曾好羨慕在國外工作的表姐，因為她搭飛機的次數能就跟搭車一樣頻繁。沒想到長大後的我，也成為搭飛機上下班的人，現在看到飛機都變成忍不住想嘆氣了，因為那也就是代表著工作的開始。

到國外後，我養了一個習慣，每當起飛前與降落後，都會傳訊跟爸媽報平安。但想想他們何嘗不是對我更思念？父母對子女的牽掛是一輩子的，那些深深的叮嚀與祝福，千言萬言，終究還是難訴盡他們的心語吧？淡淡淺淺，好像蜻蜓點水般過去的問候，你能感覺他們在努力不著痕跡，不想變成你的困擾，卻又是永遠都能在關鍵時刻，讓你在想起時忽然淚崩。

身為女人，我更感謝這份工作，讓我實現真正經濟與精神上的獨立自主。從開始飛行的第一個月起，每個月存錢記帳，並學習投資理財，在努力工作之餘也不忘多犒賞自己，並好好享受生活。

那些日夜顛倒、每趟起飛降落、穿著制服走在機場大廳與接駁車上下班的日子，以及穿梭在世界各地，那一棟又一棟佇立，華麗而繁華的高級飯店。各個看似堅強自信、光鮮亮麗、無與倫比的瞬間，都是無數孤單寂寞、空虛脆弱的掩飾，所編織出來的完美形象。但我還是不後悔這個選擇，因為我知道我所得到與擁有的，遠比失去的多太多太多了。

人生在不同的階段裡都會有不同的重心：學業、工作、健康、友誼、愛情、家庭、理想，每個人都是獨一無二的，盡力打造最好的自己即可，對吧？

最後，祝福所有想加入航空業的人築夢踏實、美夢成真。希望大家都能在自己的人生篇章上，畫上最精采且燦爛的一頁，在此獻上最深的祝福！

女生從軍經驗分享──玥

「妳應該很適合當兵耶，要不要去試試？」

這是高三時，教官對我說的一句話，未料最初僅是以為能試試的事，就這樣堅持了五年，想想都覺得不可思議。

從軍這幾年發生了很多事，說是縮小版的小型社會都不為過，有時候回頭想起，都想抱抱自己，對自己說聲辛苦了，也想對所有同樣從軍的女孩子們說聲辛苦了，當然男生也是同樣辛苦。

我始終記得剛進成功嶺那天，雖然幾天前自己就已剪了短髮，但到髮婆那直接被剃成小平頭，回家時媽媽看到，她不禁摀住了嘴巴，深怕自己哭出來。我是一個多麼愛漂亮的女孩子，媽媽能不知道嗎？

我分配到的是空軍體制，一開始因為特別不熟悉飛機修護相關的事情，就感覺非常的挫敗，每天例行公事就是一大清早的 FOD（清除機場跑道異物）。最痛苦的，莫過於一大早夏令 0500 起床，冬季 0515 起床，且負責基地飛機的維護。因為飛機每天都有基本的飛行時數，為確保飛行安全，維修時必須謹慎且小心翼翼地使用手工具，還有在夜航時，夜間待命等飛機全部落地。

原本以為從軍應該不用再看書了，沒想到卻看了更多的原文技令。還有一個很特別的事是，我們在颱風來或是下大雨的時候，會成立救災小組，不管有沒有出動，都要待命，以防萬一真的有天災時可以馬上出動。

「空勤出英雄，地勤一半功」，每每看到飛機從跑道飛上天的那一刻，真的忍不住敬起禮來，我們身上背負的不止是維護飛機的任務，還有更多的是中華民國領空的安全！

這份工作看似安穩，但其實非常需要機動性，因為每天發生的事情不一定一樣，天災人禍與明天永遠不知道哪個先來臨，所以對「每一天你可以過的一樣，但也可以選擇過的很不一樣」這句話深有體悟。

在軍中每一個人看似毫無關聯，但是缺少了其中一顆螺絲釘，卻也都會因此無法正常運作。每個人都盡力地為了飛行安全而努力著，讓我明白大家其實都不容易也不簡單。從上級到基層每個人都有每個人的責任、使命與壓力。

飛機的妥善率、籌補器材、維護、修繕等，一架飛機上需要的人力且心力多而專業，就是要讓我們的飛行員們平安回來呀！

在修護飛機的途中要確保自己的安全，也要確保別人的安全，牆上有一句話：「凡是可能出錯的事就一定會出錯——莫非定律。」只要具有大於零的機率，就有一天會發生，所以切勿心存僥倖，一切都要小心再小心。

在這份工作中最難過的，是遇上了我們的英雄殉職，明明前一刻還在向我們回禮的人，下一刻卻殉職了。我們比誰都緊張看著新聞的轉播，不想放棄任何的希望，希望我們的英雄能夠回來，但偏偏卻常事與願違，我們真的比誰都還更不想發生這個事情啊……。

看著飛機機體殘骸打撈及搜救，天啊！那都是自己再熟悉不過的飛機機體及飛行員飛行個裝，如今卻已變成一塊一塊殘破不堪的殘骸。

那刻，真的無法想像飛行員當時究竟承受了多麼巨大的壓力及恐懼。他們也是人，也有家庭，我彷彿看到的不是殘骸，而是家屬那一片片破碎的希望，真的好難過、好難過。

特別，當那些人是真實地會出現在自己生活裡的，不管是路上問候的「教官好」，還是上飛機時的家常問候。你就會發現意外來的太突然，在你以為還能見到的時候，轉眼便消失了。

真實世界的我也是渺小的一顆螺絲釘，但是我還是希望能跟大家說，無論做什麼工作及事情，安全第一，以及請務必保有初心。

看過身旁太多的人迷失了自己，當全世界都有所懷疑之時，麻煩你一定要相信自己，持續清醒地明白自己在做什麼。

每一份工作做久都難免會有倦怠期，你可以選擇留下或是離開，人生中最困難的一直都並不是做選擇本身，而是在下了之後，你該怎麼與你的選擇一起活下去。

但作為女生，還是希望提醒女孩子若有打算要從軍，務必優先好好調整自己的心態，我們能做的事情絕對一點不比男生差。

如果妳有足夠的勇敢挑戰自我，妳會發現自己遠比自己想像的還要厲害，在這個世界裡，男女都一樣重要，也都各有各的優點，都是需要互相幫忙的。

我自己的個性是，凡我能夠自己來的事，就會避免麻煩別人，每個人都有每個人要處理的事情，終究在這個世界上，又有誰容易了呢？不過也是這份工作，教會了我「適當的求救」，也是同樣需要練習，很重要的一份功課。

最後，我不會說軍人這個職業好或不好，只是會請你捫心自問，對有想嘗試的事物，「你適不適合」、「喜不喜歡」。它或許適合我，但不一定適合你，喜歡就挑戰，不喜歡就離開，人生很短，別給自己設限！

如何聰明地發脾氣？——人氣 YouTuber 球球

我爸特別疼我和我媽媽。

高中時，我不喜歡班導師，所以特別討厭班導教的英文，應該很多人都一樣吧——討厭的科目，成績也不會多好。某次家長會，班導把我爸拉到旁邊說悄悄話，猜測內容是關於我成績不好之類。當下我心一涼，完蛋，要被罵了，但是爸爸看著已經很害怕的我，僅淺淺笑著說：

「沒關係，知道妳不擅長這科，有努力就好，即使以後沒工作，爸爸也會養妳的！」

以最溫柔的方式回應了我最害怕的事，他總是如此。

爸媽的感情也非常好，平常幾乎不吵架，爸爸處處讓著媽媽、處處寵著她；西洋情人節、七夕情人節、生日、結婚紀念日等等各種節日，爸爸總會準備金莎跟玫瑰，結婚三十年來如一日。

雖然並不是多貴重的禮物，但爸爸沒有一次忘記。媽媽嘴上說著不要浪費錢，臉上的笑意、充滿愛意的眼神藏都藏不住。

媽媽隨口一句：「繡球花好像開了」，爸爸隔天就請特休陪媽媽去賞花。

冬天爸爸下班快到家的時候，媽媽就會去煮熱水，一邊甜喊著：「我老公快到家了，要準備熱水迎接他。」而媽媽總會在爸爸開門之後，給爸爸一個大大的擁抱。

對了，聽說他們還是青梅竹馬，從小一起長大，彼此都是對方的初戀呢！

當然，爸爸也並不是沒有脾氣的人，但他總會選擇以聰明地方是表達出自己的不開心。

首先，是表達感受，也就是有意識地去掉話語中所有的指責、批評、攻擊性，純粹表達自己的感覺給對方知道。舉例來說，假若說出的是：「都講幾次了，為什麼你就是記不得？你根本就沒放心上。」、「又是玩遊戲，遊戲比我重要嗎？可以為遊戲讀都不讀我訊息？」等等。

當說出口時，無論事情真相為何，對方都必須花精力先為自己辯護，乃至跟你針鋒相對。若你是錯的，你對他的冤枉將傷害極深，遲早磨光感情，而即便你是對的，也沒辦法在兩人情緒都上來時達成溝通目的。

反之，假若能先去掉攻擊性評論，把焦點從對方，拉回自己身上。

「紀念日對我來說真的很重要，因為有那一天，我才能和你有今天，你忘記了，讓我很傷心。」

「我也很忙、很累，可是無論如何，我都會撥時間想和你說話，因為你對我來說是最重要的，可剛剛你因為玩遊戲，而都沒看到我訊息，讓我很難過。」

在這些句子中，都直接告訴了對方，現在你的情緒以及問題癥結點，也沒有以臆測的內容來攻擊。對於任何同樣也在乎你的人而言，他在相對之下，較容易知道現在的情況及該如何處理。並會把注意力集中到安撫你身上，而非使雙方情緒都上升，演變成不必要的衝突。

我發現多用表達情緒方式的好處就在此，因為情緒本身並不內含判斷，它就是反映一個你真實的情況。難過、難受、擔心、傷心、孤單、寂寞、害怕、恐懼、煩惱、茫然、疲憊、尷尬、好累，這些都是很好用的詞彙。

當然，如果能多表達正面的如：快樂、開心、幸福、舒服、滿足、好有安全感、喜歡這樣、覺得很棒等等，也會很有加分作用。

再來，就是具體明確地提出要求。很多人，包括我，在初談感情時都有個嚴重誤會，以為如果一個人夠愛、夠在乎你，就會知道自己在想什麼。但真相是，這世上基本不存在完全、徹底的感同身受，連生養你到大的爸媽都無法完全做到了，何況其他任何人？

或者，誤以為自己已經把話講很明確了，好比：

「我希望你對我溫柔一點。」

「我想要你更在乎我，更把我放在心上惦記。」

問題是站在對方角度，聽完也仍是根本不曉得該如何做。到底什麼叫溫柔、什麼叫在乎、叫惦記？說不定他都覺得自己已經做到了，卻還不知道為何你不開心呀。

每個人對於愛的感受都是不同的，有人需要稱讚，有人需要肢體接觸，有人就是喜歡禮物，有人則是想要有一個儀式感。這些都沒有錯。但如若你沒講清楚，都站在自己角度出發，便很容易因這些差異而產生嚴重衝突。

「我希望你在想要時，可以再多一點前戲，不然我會感覺你太急躁，好像只是為了解決生理需求，也會很不舒服。」

「我希望你忙沒關係，但是忙完能第一時間想到傳訊給我，其實也不用多，錄個幾分鐘的語音給我，都會讓我很開心。」

這些才是具體可讓對方知道如何執行的溝通，而這件事有趣的地方就在於，當你是一個越善於表達、溝通的人，對方越容易判讀出該如何做，越不需要你再多費唇舌就曉得解決問題了。

從小在這樣的環境長大，覺得父母鶼鰈情深、濃情蜜意、在家時不時就放閃的這種狀態是正常的，電視劇上的夫妻互相算計、家庭破裂等等的劇情，都讓我以為只是戲劇，怎麼會有夫妻這樣嘛，一定是非常愛對方才會結婚啊！怎麼可能會反目成仇呢？

後來長大了之後，聽到身邊朋友說著爸媽吵著鬧著要離婚，還逼問那位友人要跟爸爸還是媽媽；而我自己也談了幾段戀愛後，總是為了小事爭執甚至分手——我才知道，原來世界上能像自己爸媽那樣，感情好到似是永遠在熱戀的例子，原來是少數。童話故事描述的幸福快樂並不是常態。

可仍舊，我很感謝爸媽，他們讓我見過愛的樣子，讓我少走了許多冤枉路，更是明白了我才是自己的主體，情緒是該被控制的客體，而非反之，情緒一上來，便讓自己輕易為脾氣所操縱。

自從出社會工作以後，我就很少回家了，逢年過節才回去吃個飯，今年過年回家吃飯時，問了媽媽：「今年是牛年，我也屬牛，是不是該弄個什麼安太歲之類的？」媽媽笑著答：「爸爸早就幫妳全部弄好了！」

如果可以，我希望也能在這對他告白：「爸爸，我會努力找到跟你一樣好、一樣愛我的男生！」

為什麼會把一味忍耐當成溫柔呢？
我認為可放可收，既能堅定不移地維護自身權益，
又能因理解不幸而適度包容
這才是真正的溫柔。

如何利用指數投資與資產配置來達成理財目標？——ffaarr

你是否因為聽說許多人在股市慘虧的事，因此覺得股市很可怕而不敢投資？你是否因為看過一些人說自己在股市大賺錢，就覺得股市是可以快速致富的工具？這些事都是真實存在的，有少數人在股市賺很多錢，但也有不少人在股市中虧損慘重。但實際上，參與股市還有第三種可能，如果運用得當，便能成為穩健使資產長期增長的一個理財工具。也就是本篇所要講的，利用被動指數投資的方式，以相對低風險、任何普通人皆可學會操作的方式，來參與整體股市的長期成長。

雖然這種被動投資策略，仍會遇到系統性風險（如：金融海嘯或新冠肺炎等影響全球的災難），並不絕對能保證獲利或絕不虧損。但歷史為鑑，哪怕你是全世界最倒楣的投資人，剛好買在歷史高點，又馬上就遭遇全球性股市崩盤，只要仍堅持按紀律操作，最終都是正向報酬。

以考試為比喻來說，這樣的策略，能讓你在不必花太多心力研究的情況下，獲得超過絕大多數其他投資者更優異的報酬。就像雖無法保證獲得第一志願的成績，但只要你肯照方式來，有很大的機率你會是整體考生中的最前段班，從而讓你可以把多出來的時間，專注在生命中如事業、愛情、家庭、夢想等其他同樣重要的事物上。

一、股票的特色與指數投資：

持有股票代表的是擁有一家公司的權益。一支股票的長期報酬，會反應一家企業的長期表現。但股市的短期波動，不只會受公司的獲利或虧損影響，而更多是反應短期的消息，以及整體投資人的預期心態。就像大家透過氣象局預期颱風要來了，即使颱風尚未造成任何具體影響，因著這種預期，菜價就會預先上漲一般。因此短期的股價有很高的不確定性，投資人也很難掌握它的漲跌，所以對於我們一般人而言，長期持有股票，是相對更合理的作法。

雖然長期持有股票的不確定性小於短線進出，但我們並無法確定一家公司的未來，是會有好的長期績效，能帶給股資人好或壞的報酬，甚至是大幅虧損。

不過我們能知道，在大多情況下，整個台灣股票市場，或更廣泛地說，全世界的公司加起來，長期會是賺錢的，如果能廣泛持有整體市場上的股票，分散單一公司虧損的風險，就能更穩健地獲得股市的應有報酬。

而這種長期持有整體市場的股票的做法，就是「指數投資」，或稱作「被動投資」的核心概念。具體來說，可以透過長期買進並持有指數 ETF 來實踐。

市值加權的股價指數，如：台股最知名的００５０，或代表全世界的ＶＴ，代表約略是一個整體市場的報酬。對台灣人來說，除了台股部分能直接透過開證券戶交易外（大多銀行皆可協助辦理），目前也可以透過海外券商或複委託的方式，買進追蹤全球股市指數績效的 ETF，等於付出很少的成本，就持有全世界的幾千甚至上萬支股票，讓如蘋果、微軟、台積電等最知名的企業都為你賺錢。

二、指數投資與主動投資：報酬與風險與成本

從歷史數據來看，長期持有全球股票的合理報酬，大約在每年 6 到 8% 左右。如果我們使用低成本的全球股票 ETF（例如持有全球 9000 多支股票的 VT），持續長期投入，就

有很大的機會能獲得這個報酬，長期下來便能靠複利，累積更多的資產。

可以簡單試算，假設同樣是一百萬的現金，如果只是存著，不僅幾乎不會成長，還會持續受到通膨侵蝕購買力。但如果投入這樣的標的，即便以相對保守的6%計算，十年後便會變成一百八十一萬多。金額越大、放得時間越長，這種差距就會變得越為明顯。

不過在股市上，有很多人並不滿足於這樣的平均報酬，想要賺得比平均還多還快，為了達成這樣的目的，學習使用各種不同的方式，這樣的作法，我們一般稱之為「主動投資」。

「主動投資」的門派雖然千百種，但追求目標的方式不外乎兩大類。一是想要抓住股價的中短期上漲和下跌，並依據此買進賣出，試圖賺到上漲，躲過下跌；二是想找出比整體股市表現好的股票（可能是個股，也可能是特定市場或特定產業），集中持有這些股票來獲得更好的報酬，也有很多人的方法是兩者都追求。

這樣的作法看似有道理，但實際上並不容易有效。因為假如某年整體市場的報酬是8%，如果有主動投資人平均賺超過8%，就代表有其他主動投資人賺得比較少，甚至虧損。有人低買高賣，就有人追高殺低，有人選到好股，就有人選到爛股。這些人的績效加起來，最終就會等於市場的8%，實際整體主動投資人的績效，並不會比指數投資人要好。

如果我們再考慮，因為頻繁進出而增加買賣成本（買賣股票需要的手續費、交易稅等）之後，整體的主動投資人的績效就比被動投資人還差了。結果就是，花了這麼多時間精力在研究選股、看盤、殺進殺出，但未必能得到好結果。

當然，即使在這種不利的基礎條件下，主動投資人中，一定也有最終能賺贏大盤指數的強者（例如股神巴菲特），但長期下來這種贏家僅能說是鳳毛麟角。

短期而言，因為股市投資短期的運氣成分太高，能贏大盤的主動投資人可能會接近一半。

個初學者一年的績效也可能比巴菲特還好，這種特性會導致今年贏的人，可能明年就輸，最近三年贏的人，可能之後三年就輸。最終長期（至少十年以上）下來，真正靠實力獲得平均績效以上的，是很少數的人。大多數的人，注定地就是花了很多時間精力，還落得報酬低於平均，甚至虧損。

在被動投資中，不需要像主動投資人那樣花時間精力，但對主動投資略有了解，更有助於堅持長期的投資。因為在這個過程中，可能會遇到各種市場波動下跌，可能會聽到有人說，應該先賣出等跌下去市場穩定之後再買回，但其實他們也不知道接下來會漲會跌，很可能賣掉之後就上漲了。

也會聽到有人說 XX 股最近漲這麼多，買指數 ETF 賺太慢了，不如買個股；也有人會說，XX 國很有前景，不如重押該國的基金或 ETF，但其實幾乎沒有人，能真的知道接下來這支股票會漲會跌，遑論哪國的股市表現會好。

唯一可以確定的是，頻繁進出市場會增加交易成本，重押個股、個別市場或產業會降低風險的分散，最終很可能落得輸給平常不用做什麼，長期持有整體市場 ETF 的人。

而且你一定要明白，一旦要這樣做，那你的對手將是其他所有人。這也意味著是無數手握成千上億資金，有軍團一般研究者為其效力的金融投資機構。幻想能透過簡單幾個指標、看看新聞、網路資訊輕鬆能勝過他們。無異於是幻想划一艘獨木舟出海，就要打贏美國第七艦隊。

三、**承擔市場風險與資產配置**：

雖然如前所述，長期投資整體股市是風險分散，且不確定性較小的作法，如果能耐心持有，幾乎都能獲得正報酬。但股票之所以能提供平均約 6 到 8% 的報酬，高於定存或大多類型債券，正是因為它還是有相當大的整體市場風險。高風險高報酬，這永遠是投資的金律，如果有人告訴你低風險高報酬，十之八九是詐騙。

就算分散到全球，股市每天都在漲跌波動，也有可能在嚴重的熊市時，有高達40至50%的下跌，這個波動有可能會讓你在大幅虧損時，產生過大的心理壓力影響到正常生活，甚至可能因此衝動在低點賣出，讓長期投資功虧一簣。同時也可能在剛好要用錢時，遇到下跌，被迫實現虧損。

因此在指數投資之外，還需要進一步運用資產配置，來降低整體的波動風險。

所謂資產配置，就是指使用不同風險、較低相關程度的資產搭配，來降低投資的風險，但又不致降低過多預期報酬。最常見的就是使用與股票低相關，且波動風險較低的投資級債券來搭配。例如70%的股票，配上30%的債券，就是一種常見的配置。風險承受度較高，想要追求更高平均的人，可以配置較多的股票，較少的債券，反之則多配股票，少配債券。

這樣配置，雖然債券的長期報酬低於股票，但由於本身波動風險較小，且如果選擇使用先進市場公債，常會在股市下跌時上漲，有助於降低整體資產的風險，在股市下跌時，保有較多的安全部位。

高風險資產（如股票）與低風險資產（如債券）的配置比例，要依每個人的風險承受度而定。這部分每個人需要考量自身的各種狀況，包括心理上的風險承受度、年齡和退休時間、資金預計要用的時間、投資部位大小、工作收入大小和穩定度等等。

最基本的方式，是可以用以往數據，確認自己預期的配置比例，在過去最差的市況下，所遇到的大幅虧損，也能不會過度擔心而影響生活安然度過。

或者，還是不知道怎麼做的話，常見公式為以110減去你的年齡決定股債分配，如30歲，那就是股票80%，債券20%，可以以這個比例為基礎來做考量。但還是必須說，這件事十分因人而異，請務必要依個人狀況決定。

如果想做複雜一些的配置，也可以在基本的股票債券之外，配置一小部分其他風險也高，但與股市相關度較低的資產（如REITs、原物料等），來讓風險多樣化，但需要進一步了解這些資產是否適合自己。此外，在一些考量（風險、流動性）下，也可以使用現金（定存）來取代債券，作為低風險部位。

擬定好預設的部位比例之後，可選定適合的ETF來作配置，並在因為市況變化，而比例有所變化時（例如股票漲，債券跌，造成股票比例增加），執行「再平衡」，恢復原本最適合自己的高風險及低風險資產比例（記得要依年齡，或個人財務狀況定期調整），有助於長期維持適當的風險。

資產配置的最終目的，是要讓我們能堅持長期投資，並且有效達成各項的理財目標。

四、與理財目標規劃相結合的投資：

指數投資和資產配置，雖然是在市場上採用「被動」的投資，但其實是讓我們的投資更「主動」地和我們個人理財需求結合。而非如主動投資，常常是由市場變化左右自己的投資，同時也可以把更多時間精力，花在精進本業，或投入其他人生更重要的事上。

請一定切記，投資的目的，就是要達成理財目標，最終獲得人生的幸福，而非反之讓市場波動，影響了自己的情緒及人生。對年輕人來說，雖然可能一開始投資本金較小，但最大的優勢就是，還有很長的累積時間。

如前所述，投資時間愈長，一方面短期的漲跌因素影響愈小，虧損的機會愈小，能承受的風險愈高，也就有辦法配置較多的股市比例，另一方面長期也更能，以複利累積更多的資產。

又例如：比較近期的目標，如十年後想買房，則需要考慮相對保守的配置，因為十年的時間在長期投資並不算長，所能承擔的風險也較小。而隨著要用錢的時間愈近，需要將更高的比例放到較低風險的債券或現金，以免在最後要用錢時，遇到股市下跌被迫在低點賣出而破壞了理財目標。

如果是幾年以內更短期的目標，就不建議投入股市，因為短期的股市不確定性過高。

此外，在這些投資目標的背後，一定要留有一筆預備金作為支援，放在無風險的台幣活存或定存，數量約為半年到一年的日常用度可能需要的錢，避免遇到萬一暫時失去工作所得時，要被迫賣出投資的部位，破壞了長期投資的計劃。

五、現在就可以開始：

1、先了解一下自身當下的資產數量、平均花費以及平均收入。首先設法存下足夠半年到一年花費的準備金，之後有餘錢再進行投資。

2、思考自己目前短、中、長期的較大理財目標，建立不同風險承受度的投資計劃，如無明確想法，亦可直接先開始進行長期的退休金規劃投資。

3、為投資計劃建立合理的資產配置比例。（例如股市 80%、債券 20%，其中股市的 80% 中，台股佔 10%，其他國家佔 70% 等）

4、為不同部位選擇合適的 ETF：台股部位可使用台灣上市的，台股市值型指數 ETF，如 0050、006208，在台灣開設券商即可買入，更適合小額投入。

5、全球股市、債市一般可使用美國上市的 ETF（最典型的如全球股票 VT、全球債券 BNDW），如果投入 ETF 支數不多，可選擇使用國內券商提供的複委託服務。如果配置的支數較多，則適合使用海外券商。因為複委託一般有一定最低手續費，相對海外券商大多零手續費的成本較高。但海外券商也因不在國內，除了有海外匯費外，也有出事了較不易處理的風險，兩者各有利弊，必須自己權衡。

6、投入方式不限單筆或定期，只要有多的閒錢就可以計劃按資產比例投入，之後不論市況，堅持長期持有，如有配息就再投入。

7、可半年或一年，檢查各資產部位的比例；如果偏離原比例較多，可進行再平衡，賣出比例過高的部位，買進比例過低的部位，或是在再投入時，加碼比例低的部位，讓比例恢復原本的預設。

8、在個人的理財狀況有較大的變動時（如：完成了某項目標、有了新的目標、資產規模變大、結婚生育、工作改變、時間更接近退休等等），才依據狀況作資產配置的調整，以符合當下的理財需求。

9、按照投資計劃需要使用，或較接近要使用的時候，再賣出投資部位。

希望大家都能藉由建立自己的理財和投資系統，達成自己人生中的各種追求。

最後仍請切記，不論金錢還投資，意義都該是為你人生幸福服務，而非反之。

社會新鮮人，該如何抉擇公司？——品牌經理 Miley

這篇文寫給正要踏入社會的你，希望透過以下兩大入職前後的思考，能對於你該如何抉擇有更明確的想法。

一、入職前的思考：個人能力及目標、公司規模及產業。

先了解自己的能力及目標。對於跨領域就業，若是發現自己有興趣職缺的徵才條件，都要求相關科系畢業或需有業界經驗。易言之，你是近乎零籌碼的狀態，那小公司就會是一個不錯的入門。

一般小公司會偏好聘雇新鮮人，原因有二：一為新鮮人相對於業界老手較無薪資談判籌碼，對於公司而言負擔較輕。二則因為新鮮人就是一張白紙，有些雇主偏好不會從過去工作經驗帶來太多意見的人。

另外，即使徵才條件上列有「一至兩年經驗」，仍可試著投遞履歷，若公司仍邀請你去面試，代表你具他們有興趣的背景或能力（前提是公司有認真篩選履歷，這可以在電話約面談時間時，先視情況說明自己無相關經驗，是否還有機會能面試確定）。

在面談過程中，可針對公司對於你無相關經驗的問題，釋出渴望學習的誠意，並展現其他對工作有幫助的強項及特質。對本就為相關科系畢業或已有業界工作、實習經驗的人，第一份正職由於影響長遠，大小公司不管就升遷、薪資、發展等等差異，都往往甚大，更該對於公司規模（最直觀就是看公司資本額與員工人數判斷）有審慎評估。

以下以幾個不同面向來分析公司規模的差異：

公司制度

大公司的各項制度，包括晉升管道、薪資等第、請假制度，一定都會清楚載明。反觀小公司，制度偏向是老闆說了算。如此好處是公司政策有彈性、不適合的政策能立即修正。但若往不好的方向，朝令夕改，便很可能造成員工無所適從，反經常要費極大精力適應。

所以一個小公司的制度是否完善、是否能有效規範，且同時保護勞資雙方權益，端看老闆是否有善經營，偏向人治，容易大好大壞。

再說回大公司，大公司修改制度要經過層層關卡，經各單位、長官簽核，但難免有科層體制的缺點，制度相對僵化，要改變不容易；好處則是凡事皆有清楚規範，一切透明化，相對有保障。這時就可觀察身旁或上司中有無年輕人，如果有一般表示公司尚有活力，晉升管道尚未被阻斷。反之，若許多都已是抱著多一事不如少一事心態上班的前輩，就必須好好審慎思考進去後的前途。

工作職責範圍

公司規模會直接影響到職務範圍。舉例來說，小公司通常一人多用，以外貿公司為例，若負責採購國外商品，則從開發廠商、詢價、確認樣品、議價、交期控管、進出口業務、後續請款對帳等，通常都一人包辦。

但若在大公司，上述同樣工作流程，就必須經過採購部、業務部、物流部、進出口部、會計部等等多方合作。而負責範圍多寡，會直接影響到你對工作及產業了解的深與廣。

簡單來說，小公司因為一條龍，所以容易學得多且快，表現好也容易被看見；在大公司一般難以在入職兩三年內就獲得的機會，舉凡升職、出差、獨立負責專案等，在小公司就相對容易許多。

另外，在小公司有很大機會與老闆共事，可以就近看他怎麼做事、怎麼經營、管理。而大公司因為分工清楚，則可以觀察到一個組織健全的大公司，其中各部門、各處室是如何組織分工、合作。但因分工細，也較難在短時間內全面掌握各步驟實際是如何完成。

一言以蔽之，小公司能快速幫助你全面掌握流程及所有細節、短期內獲得負責特殊專案的機會較多。大公司能讓你看見在健全制度下，各部門如何合作分工，但要深入了解則較費時困難。

還有，關於產業抉擇：若有興趣的職類，舉凡業務、行銷、專案經理，有許多相對應產業，那該如何選擇？

其一先考慮自己的興趣，對於產業了解的累積，將奠基你在該產業的地位。對產業了解愈深，愈有機會晉升管理職、也愈難輕易被取代。而將來若要跳槽，對產業的了解也決定了你是否能脫穎而出，有不同於其他競爭者的談判籌碼。選擇有興趣的產業比較容易長久、做起來也有動力，時間和經驗的累積對於未來發展，有絕對的正向影響。

其二考慮產業未來發展性，先觀察有興趣產業的趨勢，或至少盡可能避免夕陽產業。

選對產業，將關係到未來公司是否能創造更多價值，而你如果也能在其中有所創新、貢獻，就能和公司共同向上。

二、入職後的觀察：公司文化、學習成長速度。

入職後除了觀察公司文化和工作內容是否符合期待，也需定期檢視自己，是否有在正確的軌道上成長。每季定期思考，現在的我比起三個月前多會了什麼？學會的這些事情，對我設定的中長期目標有哪些幫助？還有哪些技能是我希望在接下來的階段能掌握的？我的主管具備了哪些我沒有的特質、能力？這份工作是我喜歡的嗎？能為我帶來成就感及成長嗎？

固定檢視這些清單，能幫助自己更清楚工作上學習的變化，學得是否太慢、是否不完整。另一方面也能幫助自己，即時發現停損點。通常一個對職涯有幫助的工作，會讓你在前半年快速成長，後半年開始愈來愈上手。

並最好在一年後，持續觀察自己是進展、是停滯？如果近乎停滯，未來是否有機會晉升、輪調？若沒有，自己對於現在的狀態是否滿意？若不滿意是否會考慮其他機會？

以上兩大入職前後的思考，希望對正在觀望前方道路的你有所幫助。職涯規劃很難一次設定到位，但時刻察覺並檢視自己的狀態，絕對有助你愈快脫離迷網、確立目標，好好走在自己認同、也願意持續努力的路上。

如何解決生命中的各項問題？——樂擎

要解決問題，首先你得找到問題。

曾教過書的經驗讓我發現一件事。大多數的人，最本質的問題就正在於——「根本不知道問題在哪」。

「這樣講，還有問題嗎？」每當我講完題，轉過身詢問時，十有九次得到的反應會是全班靜默。可真等到點同學起來反問，十有一位能完整複述出剛剛所講的內容，就要偷笑了。

關鍵在於，當問出這句時，底下同學完全不知道什麼叫「沒有問題」。具體而言，沒有問題的狀態該是什麼樣的？他該在聽完後了解些什麼？什麼叫做他已經沒有問題了？

總歸，人必須要有參照點，才能知道自己的位置，也才能明白問題何在。舉例，必須經由考試定義出及格標準，才能明白原來沒有達到六十是有問題的，又或當達到九十分，這是很優秀的意思。

因此，找到問題第一步，正是先弄清楚你想要達到的是什麼。聽起來像廢話，卻也正是我們在生活中，都不自覺正不停重複犯的錯。

像是學生本分就是讀書，不停追求高分。卻未曾想過，因此錯過的青春、友誼再也回不來。即便分數考到了，也不曉得要用這樣的分數換取什麼會是自己想要的。

像是認為有錢就等於快樂，一切問題都能靠錢解決，卻未曾真正思考自己賺錢的意義為何？有了錢之後要交換什麼？又付出的代價有多高昂，當要犧牲家庭、青春、孩子成長，甚至健康、生命，錢真還值得嗎？當開始嘗試往問題本質思考，往往便能因此找到新的突破點。

買房時，曾為了一點錢而和屋主陷入僵局，我加不上去，對方也實在降不下來，眼看無解。

轉念一想，我要的是什麼？以能負擔的最低價錢買到一個家。

那反觀對方呢？能換到足夠預算到下一間房子。

接著，提出那稍微加一點，可屋內家具都留下，等同加價是從本來購置家具預算中出。同時因為我不急著入住，在屋主新家尚未準備好前，都可以續住，屋主也省了原本要到外租房的租金，終於是皆大歡喜。

如果沒有先將目標弄清楚，便是在盲目亂走而不自知。

用刻意冷淡的方式，希望一個都還沒注意你的人喜歡你；以冷暴力對待自己所愛之人，還妄想能被加倍疼愛；只靠少吃，妄想不動也能減肥，結果減掉更多肌肉等等。生活中這種因為目標設定錯誤，導致越努力，結果反是離真正想要的越遠的事，實在太多了。最可怕的是，因為前面付出的代價過於高昂，以至最終也回不了頭。

而這一條路，還正是此刻的你，正強逼著自己走上的。

所以，要解決問題，請先找到對的問題。而要找到問題，就請先弄清楚自己想要達到的期望目標是什麼，才能衡量目前的你與該目標之間的距離，也就是「本質問題」所在。

那要怎麼找到目標？

第一，具體、明確。

舉例：感情裡，你要遇到一個對的人。那就必須先定義，什麼樣的人之於你會認為是對的人？

是有特定學歷？穩定工作？是年紀範圍在哪？是喜歡運動、冒險？是對孩子、寵物喜歡或排斥？什麼優點你會欣賞？又有什麼缺點是你能接受？

當然，設定目標與實際之間會存在落差，不過夠明確的目標，能讓你有開始著手的方向，起碼是排除掉不該努力的方向。

比如說，如果想找的是一個對感情專一的人，就不該期待在聲色場所有機會遇到。又或，喜歡的是陽光型、愛運動、冒險的，無妨直接去球場、泳池、健身房、報團參與登山、環島、潛水等等出遊活動，來增加遇到的可能性。

即便是比較抽象的「幸福感」，也可以透過思考，具體表示，進而去找到目標。

例如：每一天都有許多時間能做自己喜歡的事，不用太高的物質享受，逛逛夜市、吃口冰，都能讓你感到無比快樂。那你的目標就不該是：雖然高薪，但極度高壓、累人的工作。反之，如果你就是熱愛挑戰、新鮮，一成不變的日子會使你鬱鬱寡歡，那穩定的鐵飯碗，縱使是很多人追求的目標，也不代表你該去做。

設定出目標後，難免會改變，但明確的目標能讓人有方向前進，以相對低的成本，去到最終自己真正想要的目的。

第二，可控範圍內，有機會達成。

人的慾望是無限的，即便達成了A，也會繼續想要B。然而，每個人的時間、精力、資源都必然是有限的，如果一開始你設定就是和自己現在狀態落差太大，就不太可能達成；機率渺茫的目標，還會造成反效果。

好比要一個已經對你沒有愛的前任回來、要一次段考期間內，程度就有飛躍式進步等等，你只會加深自己的挫敗感，而後立刻放棄。

因此，較佳的目標設定法，該是循序漸進式，如同遊戲升等那般，給自己設立一個又一個的小目標，慢慢向前。

例如，你目標是寫出一部小說，可以從敘述自己親身經歷的一件小事開始。當獲得身旁友人好的反響，再進一步公開發表，將下一目標設為有十個不認識的陌生人願意看等等。其中訣竅在，當達成一個小目標，便給自己一點鼓勵，從而有辦法堅持下去。

第三，從過程中，就要能得到成就感。

就我觀察，大多人之所以無法貫徹目標，關鍵往往在於太過低估投入成本後，能得到結果的等待時間，誤把自己當成動漫主角一般，才付出一點就立刻想要回報。並會下意識誇大自己的努力，強調自己熬夜讀書很辛苦、做什麼已經有多累多辛苦，從而陷入自憐的情緒。

又或，只是羨慕、忌妒他人，便將別人成功簡單歸因於對方就有外表、有天資、家裡有錢等，而自己沒有。徹底忽略任何結果都是多因素綜合而來，以此合理化自己的惰性。

追根究柢——往往人真正想要的從不是達到目標，而是想要不用犧牲就能達到。要解決，唯有在你追求目標的過程中，就有成就感。如此，雖然仍會有痛苦、失敗、挫折、艱難。但這就像在玩一款熱愛的遊戲時相同，正是這樣的難關，會讓你絞盡腦汁思考如何突破，並能享受在這過程中。

由前述，尋找「對的人」為例，如果你僅是為找對象，而去從事平常厭惡的運動，必然充滿痛苦，且很快放棄。但反之，本來就對這些有興趣，有意願嘗試，能享受其中，那認識到志同道合的對象，則便完全是水到渠來的事。

意志力猶如肌耐力，對於簡單的短期目標，人尚可透過犧牲、忍耐撐過去達成。但任何有價值的目標，都必然是有稀缺性、有門檻，需長期投入，方能達成的。若過程中無法獲得成就感，即便沒有放棄，持之以恆撐到最後，也只會讓你人生痛苦無比。

如果上述說明還是太抽象，可以拿出一張紙，直接嘗試達到的目標、解決問題的方式依序列出：1．期望、2．代價、3．所需時間，進行分析。

舉例而言，常聽有很多人因為失戀，而開始瘋狂健身、運動，想透過提升自己讓對方後悔，卻在一段時間經過後，挫折地發現仍然走不出來。

若對此進行分析，運動、健身，在可控範圍內，有辦法具體、明確達成的效果是什麼？

無非瘦下來、長肌肉、變健康、變好看。

代價？

健身房會費不斐、剛開始訓練的痛苦、可能的渾身痠痛。

所需時間？

要初有成果，約需數周到數月不等。

這些無一和能讓對方後悔有直接相關，即便你變再好，對方都仍有徹底無視的權利，也就是說對方的行為，從根本就並不在你可控範圍內。再者，當設定目標是讓對方後悔，就已經代表你依然在意對方想法，所付出的一切本質上都是為對方所做的，那還談何走出來？豈不是再度朝反方向前進嗎？

練習這種思維模式，時刻在茫然時，反問自己究竟目前所面對問題的本質為何，至少有三大好處。

第一，能跳脫框架，不再被困於特定觀念之中。早戀就是錯的嗎？學生就不該學化妝嗎？學生就該以分數為重，放棄課外活動嗎？這些很多時候由師長直接灌輸給我們的。

固化觀念，全部都該是因人而異的事情，當能針對個人將利弊分點剖析，才能更清楚判斷出，對於你自己應該下的抉擇。

第二，嘗試前就明白凡事皆有風險，自己所付出的努力、代價，不見得能夠得到對應收益，並對要花的時間有預期心理。從而，較不會因得失心而自憐自嘆，過早放棄，白費初期投入成本。也能知道自己的每一行動，大概是進行到哪一步驟，在確定都不如預期時，設下清楚的停損點。

第三，凡事反思、探究本質，能在看事情時，更直接地看到事物背後的因果所在，避開了在遇到問題時，容易陷入只見一點，不見整面的問題，以更有效的方式，達到真正所欲達到的目的。

這樣的思維練習，對我而言幫助很大，也希望同樣地能幫助每一位閱讀到此的你。

願你去發光，而不僅是被照亮

自２０２０年新冠疫情爆發以來，在天天聽故事中發覺，好像有許多原以為自己已經長大了的成年人，都變得特別愛哭。

「我不懂，我做錯了什麼？」

「我不是在救人？不是拿命在守護我們的家園嗎？」

「為什麼實際生活裡，卻會被當成過街老鼠？」

「為什麼世界這麼大，連一個能棲身的地方都不留給我？」

有站在醫療第一線，卻被房東拒租，怎麼找都找不到地方住的護理師，無奈地掉淚說。並非生氣，也沒有憤恨，她也不是不能理解其他人可能的害怕，就是委屈，非常非常地委屈。

明明已經這麼拼命了，為什麼連這麼小的事都還不放過自己？

有警察分享，在值勤時遇到一酒醉男子，衣冠楚楚，卻獨自一人倒在地上喝酒，也不吵也不鬧，就是安靜地哭。細問下才知道，他來這附近是看房子，本來已經都說好了，準備簽約，結果房仲臨時告知屋主要抬價，否則見都不見。

可是，他出的價格已經是他能力的極限，將近他目前三分之二的薪水都要還房貸，持續三十年，才有辦法負擔起這一房一廳一衛，室內實際僅十坪左右的房子。

他真的沒辦法，便也真的被回絕了。

那是他看了好久，找了好久，好不容易才找到能負擔的一間。

「我已經很努力了。」他哽咽地說。

「幾乎每天朝九晚十，連周末都在加班。」

「可怎麼都存不夠⋯好不容易就要存到頭期了，結果房價又一下大漲。」

「漲得多誇張你知道嗎？我省吃儉用了三年。」

「整整三年，每餐不敢吃超過七十，拼命省拼命加班。結果現在離目標竟然比三年前還要更遠了。」

「我真的不知道怎麼辦。不知道怎麼給女友交代。」

「我們找到的一個家，又沒了……」

明明疫情，該是社會中普通人最慘、最糟的時候，民生必需品的房子卻竟是暴漲。面對現實血淋的殘酷，一個從未停止過努力，外表體面的人，也僅能無助哭地撕心裂肺。

有女孩在學測當天，為趕考試，騎腳踏車途中，不慎撞到路旁嶄新的ＢＭＷ，爬起來一看，刮痕很深，連後照鏡都撞壞了。

「爸爸才因為疫情影響工作，家裡已經很困難，是靠紓困貸款撐著的。」女孩說。

「但我爸爸知情後，不只沒有怪我，還一直安慰我，告訴我先專心考試，這交給他處理就好。」

「他電話裡就說，嘿，不要想太多。有爸爸在，放心。」

站在考場的樓梯間，聽到這句的女孩剎那淚崩，但因不敢讓爸爸知道，只能仰起頭，不停地大口呼吸，拼命地盡可能控制住情緒。

即便也已是成年年紀，但其實，她又能做什麼？

世界很殘酷對嗎？我們總是努力地長大，卻又在經歷了無數磨難，好不容易才來臨長大的那天，驚覺想回到兒時成了夢想。

很少有一本書願意告訴你，我們絕大多人，從小開始幾十年的求學，歷盡無數次大小關卡，補習、苦熬、念書、作業、考試，直到出了社會繼續朝夕辛勤、為現實鞭打、上司壓榨、同事小人、客戶難搞、加班還沒錢、戀愛又失戀、得到再失去，睜睜望著情人來去、朋友疏遠、家人離世，直至回頭一望，生命只剩你自己一人仍佇立在　雨霏霏裡。

這終其一生所有的奮鬥，也只是為了讓你成為一個看來沒問題的平凡人，如此而已。

可若我告訴你，故事沒講完呢？

「有這種事？誇張！」

「你跟她說，我有空房，來我這。才買來，剛裝潢好的，第一個就免費給她住。」

「讓她放心住，住到之後有找到其他地方住再說。如果她住了喜歡，就直接續租給她。」

「不用謝，謝什麼謝，你們是救人的，我才要謝。你們為大家打仗的人，怎麼能沒有地方住！」

護理師的同事，替她問到了熱心房東，換了更好的住所。

「好了，好了，我們回家。」

「回家再說，沒事，回家。」

「哎呀，有什麼關係，沒了就沒了嘛，房子這麼多，不差他一間啦！管他的，老娘要跟你結，看誰敢攔我？」

「不用理我爸媽說什麼啦，我的事我說的算。」

酒醉男子的女友親自來接他回家，一邊無比溫柔地拍著他的背，一邊冷靜地向警察道歉。直到將他扶上車，每一個動作、眼神裡，滿滿的都是愛與不捨。

「我是車主，有看到妳留的紙條，不用擔心，學測很重要，先好好考試。」車主看到女孩留的紙條，很快便以簡訊回。

「不用啦，不用，小傷而已，沒多少錢，就不用了。倒是妳，還好吧？人有沒有怎麼樣？」

「ＯＫ啦，沒影響到妳考試我也鬆了口氣。」

最後車主不但一毛錢沒跟女孩索要，還嘉獎了女孩願意主動留下紙條的勇敢，透過學校轉交了感謝信給她，「這是怕你受傷的醫藥費，勿推辭，你很勇敢，謝謝你。」裏頭放了三千塊的信封上寫著。

這些努力善良、努力奮鬥、努力掙扎、努力活著的，大家都是普通人，都會害怕，都會膽怯，都會恐懼，也都很平凡。可仍是生命中會有那些溫暖的事，會有人願意對你伸出援手，會有人想走進你心中，也總會有人等在歲月的下一站出口。

是，在我看來，世界確實是殘忍的，卻也是溫柔的。它會無情奪走你的許多，也會悄然間，默默留給了你其他的許多補償。生命中的每一個選擇、發生的一件事，都暗地裡早已有了標價。

那麼，平凡又如何呢？為窮學生默默付出的自助餐老闆、把住戶當自己孩子在乎的管理員、愛女兒愛到無限包容的水電工爸爸、站在第一線，以生命捍衛你我安全的護理師，還有實在太多太多的人，他們全都是普世看來的普通人，那難道他們的人生就沒了價值？

然而，到底什麼是不平凡、什麼是成功？若換到世界的代價是失去快樂，那還有什麼意義嗎？一個個前仆後繼撲火，卻迷失其中的人，還不夠敲響警鐘嗎？

浮生若夢，人不過百代光陰之過客，如山間迷霧，反覆重演，轉瞬即逝。若非要執念追求，並非自己所能控制的事物，非要只將目光停留在黑暗上，從你如此選擇之最初，就已經註定了後來的痛苦。

那到底何必？當好你自己，過好屬於你的每一天，盡可能地去善良、去發亮、去快樂，不好嗎？

這世上，有人家財萬貫，卻一輩子被家人控制，活得猶如魁儡，從來都不快樂。也有人家徒四壁，學生時代就必須打工存活，卻是憑藉自己闖出一片天，如今萬人稱羨。

有人天生貌美，桃花不斷，青春從沒缺過對象，卻是直至婚齡，仍在反覆為愛傷透。也有人外表平凡，青春僅有書本，卻是畢業後的一次戀愛就走到結婚，如今五子登科，無比幸福。

有人靠股票一夜致富，卻是一次賭錯失足又全還了回去。也有人從基層默默耕耘數十載，以積累專業看到機會，果斷創業，中年身家過億。

有人坐領高薪卻無比孤獨，也有人安貧樂道卻不缺陪伴。有人一路名校卻迷茫自我，也有人不會讀書卻工作耀眼。有人三、四十歲就離開人世，卻是留名青史，也有人年過期頤，卻是病痛不斷。

我很喜歡一段話：「每一個人都有每一個人屬於自己的時區，沒有誰在前或在後，只要你是按照自己的腳步前進，生命永遠會是剛好」。所以，放心哭吧！放心地沮喪、無助、害怕，你已經很累，很努力了，為什麼不能哭？

有誰的青春不無助，誰對未知不恐懼，誰的失戀不難過，又到底有誰的人生不迷茫？

試想，當見一個孩子坐地板上哭，難道你是蹲下去搧他一巴掌，要他立刻振作起來嗎？

如果不會，為何你會這樣對待自己，為何不允許自己有難過的權利？好好哭吧，哭完，擦擦淚，再站起來就好了呀。

人生不本就如此，用大把時間迷惘，再用幾個瞬間振作、奮起、掙扎，最終成長。如同第一次騎車的恐懼、泳池嗆水的鼻酸、大考失利的徬徨、失戀無助的絕望，如果你都已經從這一項項生命中，也曾以為過不去的挫折中走出，你還害怕些什麼呢？

最後，如若你從這本書的文字中有得到激勵，請容我冒昧提出一個請求，等你勇敢走出後，回來分享，讓你的故事，再次成為幫助下一個人的力量。

於是，我們每一個人，都能成為照亮下一個人的光。

願你去發光，而不僅是被照亮。

願你去發光，而不僅是被照亮

作　　者　樂擎
封面設計　Bianco Tsai
美術編輯　許耀文
內文校稿　詹凱婷
封面圖片　Cover picture @ Unsplash /Josh Hild+Dan Senior

出　　版　瀲曦有限公司
地址 台北市內湖區環山路一段 136 巷 20 弄 16 號 4 樓
電話 02-2657-7459

印　　刷　磐古印刷股份有限公司
地址 新北市中和區橋安街 13 號 7 樓
電話 02-2244-7000　傳真 02-2244-7700

著作完成日期　西元 2021 年 7 月
初 版 日 期　中華民國 110 年 10 月
ISBN　978-986-93449-6-8(平裝)
定價　320NT

國家圖書館出版品預行編目 (CIP) 資料

願你去發光，而不僅是被照亮 / 樂擎作 . -- 臺北市 :
瀲曦有限公司 , 2021.10

面 ;　公分

ISBN 978-986-93449-6-8(平裝)

863.57 110014617